《万花露》第二卷

我在好莱坞演过一次电影

——天大杂说录

齐一民 著

北方联合出版传媒(集团)股份有限公司

万卷出版公司

图书在版编目（CIP）数据

我在好莱坞演过一次电影：天大杂说录 / 齐一民著.
—沈阳：万卷出版公司，2019.7（2021.8重印）
ISBN 978-7-5470-5152-8

Ⅰ.①我… Ⅱ.①齐… Ⅲ.①随笔—作品集—中国—当代
Ⅳ.①I267.1

中国版本图书馆 CIP 数据核字（2019）第085979号

我在好莱坞演过一次电影
——天大杂说录   版权所有　侵权必究

出版发行：北方联合出版传媒（集团）股份有限公司
　　　　　万卷出版公司
　　　　　（地址：沈阳市和平区十一纬路 25 号　邮编：110003）
联系电话：024-23284324/010-88019650
传　　真：010-88019377
E - mail：fushichuanmei@mail.lnpgc.com.cn
印 刷 者：三河市兴国印务有限公司
经 销 者：各地新华书店

幅面尺寸：145 mm×210 mm
字　　数：224 千字　　　　　　印　　张：11.75
出版时间：2019 年 7 月第 1 版　印刷时间：2021 年 8 月第 2 次印刷

责任编辑：凌之　　　　　　　　责任校对：王洪强
装帧设计：大名文化　　　　　　责任印制：高春雨

如有质量问题，请速与印务部联系　联系电话：010-88019750

ISBN 978-7-5470-5152-8
定价：48.00元

目　录

1

第三部分
半懂不懂评艺术

第四部分
冷言冷语说文坛

第五部分

好心好意讲故事

第一部分

奇谈大论论大千

论放屁

（一）个别领导放屁

一般会当领导的领导放出的屁都跟氧气似的，无色无味，虽然无色无味，却又是携带粪便基因的气体，所以又可称"臭氧"。南极上空的那个大洞就是全球的领导——Leader 们放出的屁崩出来的。

个别领导放屁虽无声色，但不可无力度，不可无张力，不可无覆盖面，不可无影响力，否则就会被混同于普通群众放的屁了。

当然，领导放屁也需有分寸，也需掌握火候。因为有分寸、有火候、又有氧气的成分，所以领导放出的屁往往闻起来有提示、醒目和使人振作的效用。

由于个别领导放的屁无色无味，又巨响，听起来便有些空旷。

领导放屁往往如礼炮。

里面没放真炮弹。

但又贼响。

（二）文人放屁

文人放屁特臭。当然也有放屁不臭的文人，但那都是普通的文人。

文人为了出名，就要练就一身能放臭屁的本领，要放出特色和实质，并放出浓度。

不臭的屁不会给人留下深刻的印象，不能刺激读者的大脑皮层，书没人看，文人就无名。

文人要做到屁中有杂质，就要保证在放屁前消化不良，而且要长久地压抑住想要放屁的欲望，要伺机而放，要见机而放，要蹲在屋檐底下放，要去找阴暗的地方放。

文人放屁虽响，但由于太臭，所以放完屁后要有以下两种心理准备：

1. 成万古名；
2. 臭万古名。

当然，以上仅指成功地放成了臭屁的成功的文人。

新时代有一种另类文人—— Alternative，这一类人十分有"品味"和"格调"，所以执意追求放屁味道的多样性。

另类文人放出的屁是怪味的。

"品味"的"品"字，的确是品味的"品"，但那个"味"并非指一般的味道，而是臭味的"味"。

另类文人为了能放出怪味的屁，就要玩命地吃"怪味

4

鸡"，嚼"怪味豆"，吃"怪味巧克力"，中国的怪味鸡要啃，外国的怪味鸡更要啃，外国的怪味鸡就是"啃德鸡"。啃得动要啃，啃不动更要啃。

另类文人还要喝产自北美、南非和苏门达腊的酸辣汤，才能——

放出酸辣屁。

另类文人放的屁——如果放成功了——就要达到读者闻一下就立马满脑门子流虚汗的效果。

另类的虚汗，

Alternative——虚汗。

外加昏倒。

（三）商人放屁

商人放屁时要像黄鼠狼，

要放得稳、准、狠，

要放得有投机性和灵活性。

商人放屁是掂量着重量放的，是将其先用一次性塑料袋装好后放到称上，掂一掂后再放的。

商人放屁讲求回报，从没见过在马路上白白对空放屁的商人。

如有，那他就不是一个合格的商人。

马路上因放屁被罚款的大多是商人，因为商人放的屁最低价格是五角钱。

商人的屁既有使用价值，也有交换价值。前者是指商人的屁，是农作物的回收物；后者是指商人能用放出的腹中气体换回新的农作物——带有麦穗的硬币。

所谓商业炒作说白了就是炒屁和屁中的臭气。

要用猪八戒的耙子炒。

（四）一般群众放屁

一般群众不需放屁。

天大点评：

领导、文人、另类文人、商人和一般群众肯定都有放屁的需要，但是，

——文人、商人放屁需领导审批；

——领导放屁不需老天批示；

——群众放屁比较自律。

而且，领导放屁响，另类文人放屁杂，商人放屁功利。

领导以前在封建社会时要与老天爷呼应，要看老天爷的脸色放屁。

但事实证明那样错了，因为那是封建社会。

百姓原来也会放屁，而且百家争鸣，后来事实证明那更是封建。

　　不放屁了的百姓先是肚大、气大，但后来百姓也进化了，也开明了，也习惯于自行在腹中做废气回收和消化，久而久之，突然就没屁好放了。

　　出现了静悄悄的黎明，和无色无味的氧化了的天上的大窟窿。

结婚、离婚与上环

（一）动物

动物是骑着结婚的。

上古的人类也是骑着结婚的。

那时人的使命是使劲结合，使劲生孩子，使劲提高在动物群体中的威信。

（二）政治家

外国的男政治家是被选民强迫着结婚的，男政治家的老婆就是选民的老婆。女选民总认为男政治家身边站着的那个女人不是那个女人，而是——自己；男选民也认为那只扶在第一夫人后腰的多毛的手不是总统克林顿、叶利钦的手，也不是熊掌，而是自己的手。

这种感觉上的错位的最终后果就是——政治家(外国的)不能离婚。

政治家离婚——如果离的话——将会导致该民族或其他

民族分裂。

希拉里在劝克林顿轰炸科索沃之前——按报纸上的说法——就曾考虑是在任期内离，还是在任期后离，后来她想——还是先炸吧，想看看南斯拉夫的反应，于是就炸了。叶利钦虽没离异但苏联离异了，可能是因为叶利钦胸口做了搭桥，已失去了再婚的动力。

中国皇帝从不离婚。

溥仪，或因"莱温斯基"闹过丑闻，那么本人马上就上街放鞭炮，以庆封建社会的提早结束。

——冒着违反不准胡乱放炮规定的危险。

叮……

咚……

为中国皇帝因丑闻而下台。（咣）

（三）艺人

艺人不得不离婚。

因为男明星的女崇拜者特恨男明星的老婆，跟她婆婆的心态一样，而女明星的男崇拜者更是恨不能……

所以艺人不得不离婚。

艺人的离异是追星族的婆婆心态给活活地逼出来的。

但艺人又不能不结婚，因为他们想结。

艺人结婚只是不能太早，太早结了婚的明星如同被人先啃了一口的西瓜，

就不鲜亮了。

结了离——留给大众一点胡思乱想的空间，然后再结，如同被耕了一回的土地，开春再耕，最后便成了一片肥地了。

男明星就是那片耕地。

追星的就是那个耕地的犁。

天大点评：

一般动物、动物中的另类——人类都结婚，人类中的政治家和艺人婚姻的区别在于政治家的家是国家，艺人的家是追求者的家。政治家在下飞机时手要紧紧地挽住夫人的手臂，免得背后招来夫人和国人的一记醉拳，艺人的手在电视前永远不能放在丈夫和夫人的心口，免得使天下的女子和男子跳楼。

动物结婚是为了生育；

政客结婚是为了权力；

艺人的婚姻是个托儿。

离婚是个解托儿的招儿，但动物不用离婚，政治家不能离婚，艺人不离婚可能就不是走红的艺人。

东北老家为了计划生育，妇女们普遍上环（好像又称结扎），上环倒是本人为政客、艺人能从结、离、再结再离（再

接再历？）的怪圈中一下跳出提出的一个终生保险的良策，问题是：先给克林顿上环，还是先给XXX（随便想一个著名女艺人的名字）上环呢？

女政治家为何不结婚

（一）

女政治家最大的毛病就是不能结婚。

我曾与日本女政要——曾任议长的土井多贺子有过几句话的"深谈"。

那是在一次宴会上。

我祝贺她的成功，并让她多为日本妇女做些贡献。

记得当时我使用的是日文的命令式。

她支支吾吾了几声，表示赞同我的意见。

她并不是不想说，而是说不出来，因为她的嘴中堵了一个巨大的上海麻团。

那是中餐的晚宴。

土井女士当时脑海中的思想斗争过程应该是这样的：

1. 这小子又不是日本人，关心日本人的斗争干嘛？

2. 这小子又不是女的，关心女人的命运干什么？

反正她没结婚。

我曾问过几位日本友人，如果日本婚姻法允许他们娶第二房妻子的话，他们是否会考虑土井多贺子。

　　他们坚决地说："日本男人可以说不。"并说除非日本法律让他们娶九百九十九个妻子。

（二）

　　加拿大的 NDP（加拿大新民主党）主席也是个女子，而且——也没结婚。

　　由于她任主席，该党的地位从正数第三大党滑落到倒数第三大党了。

　　她长得不知为何特像土井。

　　撒切尔夫人结婚了吗？

　　忘了。

（三）

　　政治化了的女人普遍不愿意结婚的现象是男女不平等的变相表现。

　　表现出男人不如女人。

　　表现出男人不如女人平等。

美国前总统的心声

（一）

这 White House——白宫也太黑了。

希拉里的鼾声正足。

她——正在竞选参议员。

之后，她还想——竞选总统。

她当总统干嘛？

是向莱温斯基复仇？

还是不再想当第一夫人？

她真的当了总统，我将是什么？

那不成了第一丈夫了吗？

美国历史上有多少位第一夫人？

又有多少位第一丈夫？

美国历史上有总统下野后还留在白宫充当第一丈夫的先例吗？

我真怕，在这漆黑的被第一夫人的鼾声雷灌了的白宫的子夜。

我——真不明白——口淫算淫吗？算性行为吗？

为何斯塔尔那老东西紧追不放？

那个老流氓。

今后千万要注意，不要再将西服裤子乱脱，最起码在脱裤之前要洗净。

是谁发明了 DNA 检测技术，那简直是违宪的行为，是专与美国总统过不去的行为！

今晚穿裤子了吗？

女人是祸水，就如自己身旁这个在雷鼾中死睡的不依不饶的女人。

明天早晨在跑完步后还要与她在白宫的草坪上手拉手地亲密散步——在记者和全球的观众面前。

杀了我吧！

在耶鲁上学的时候她学习就比我强，后来她一直在律师的职业上先于我，但她只配当州长夫人，当第一夫人，她没戏！

但她是女儿的妈。

（二）

口淫究竟算不算流氓行为？

看人家中国皇帝，人家的妃子是带香味的，而希拉里呢？

Shut up（住嘴）！希拉里！这也太吵了，这怎能入睡。

明晨在与她散步之后还要给那个俄国佬——叶利钦打电话，让他别插手科索沃，科索沃是我们美国人的新领地。那里有没有女人？

Shut up , Hilary!

要不是看在女儿切尔西的情面上我真该掐死这个睡得如母狗一样的女人，她上个月的那一记勾拳也太狠了，差点封了我的左右两眼。要不是第二天化了妆肯定瞒不过全世界人民。

人家里根也化妆，但人家是在增加风度，我化妆却是为了糊住老婆的一记勾拳的——印记！

口淫，算淫吗？

Shut up, Hilary!

斯塔尔，你这个老流氓！

（三）

为什么从本世纪起就只有女人当众打男人的耳光的惯例？下次我要改掉这个恶习，我要在 CNN 现场直播的时候扇希拉里一巴掌，给全球的男人平反！

明天几点起床跑步来着？

还带狗吗？带白宫卫士而不带狗？

16

You, Shut up!

我现在是栽在两个犹太女人的手里了，一个她——莱温斯基，另一个她——阿尔布莱特。两个女人都够狠的，一个让我在全球人面前无地自容，一个逼我去南斯拉夫扔炸弹。

没有莱温斯基的口淫我会到南斯拉夫扔炸弹吗？这不，一扔炸弹所有人的嘴都 Shut up 了，为了美国的利益就不要再追究总统的问题了了。

这三个该死的女人！

他竟把"第一夫人"变成了"第一个夫人"

（一）

比尔（Bill），你这个厚颜无耻的东西！你在那里一个劲地不老实翻动什么，你以为我在打鼾，其实我是在装睡，就是想看看你在我沉睡的状态下还要干出什么见不得人的勾当。

还有比你这个美国总统更虚伪的男人吗？你竟在白宫内干这样的事。白宫又不是克里姆林宫，你又不是俄国沙皇，你是民选的美利坚合众国的总统，而我，是美利坚合众国的第一夫人，我是 First Lady!

而你，你却把这个"第一夫人"变成了"第一个夫人"，把 First 后而加上了 Second 、Third……一直到第八。

当你与那个女人的丑闻被最终证实后，做为 First Lady 的我只有两种选择。

第一，立即伸手给你一记勾拳。

第二，马上敞开胸怀将你拥抱，并装出宽容你的姿态——在闪光灯面前。

我选择了后者。我不但宽容了你，还在大庭广众面前说你将永远是我最理想的丈夫。

但回家后我一拳将你的眼眶勾青！

我重复了泰森的动作。

（二）

在闪光灯前我是世界上最惨的女人，我要为丈夫与另一个女人的行为辩护，用我天才的律师的口才！

我要为比尔、为美国的国家利益、为第一夫人的面子辩护。

我恨你，比尔！

我恨这第一夫人的头衔，因为第一夫人要为国家利益替第二夫人狡辩，而第二、第三夫人却压根儿不管第一夫人的面子，在白色的殿堂里与第一夫人的丈夫私通！

我不再想当这个第一夫人，我要当参议员，要当美国的第一位女性总统，我要当武则天，要当伊丽莎白！要当——慈禧！

我要把身边这个在夜幕中不老实的男人变成 First Man——第一丈夫。

但他配吗？

他……配……

我，怎么真的要睡着……
了……

"呼——"。

鼾声渐起。

生命，我是你孪生的朋友
——死亡的自白

我总共才与每人相会一次，在悄然中将人拉入我的怀抱。

无论是男人、女人、坏人、当官的、不当官的，有作风问题的、没作风问题的，最终都会向我走来。

我是无私的，我是公平的，我是热情的，我是博爱的，我接纳人类的一切，一切的人类，在悄然中，在黑暗中，在无言中。

我有时在医院中徘徊，有时在战场上留步，有时在炸弹的弹片上驻足，我游荡在一切一切的生命之中，等待着他（它）们的来临。

我走近树，我走近湖泊，我融化在空气的尘埃之中，将我的影子贴近树，贴近湖泊，贴近尘埃，然后悄然地拥抱它们。

人人都怕我，

人人都猜忌我，

人人都为我的降临诅咒。

人人都想将我推向他人，推向他日、他时，但人人都为最终与我的约会准备彩礼。

我躲在黑暗中。

我躲在病房里。

我躲在车轮下。

我躲在男欢女爱中。

人类用战争将我送给他们的敌人。

动物用厮杀将我传给它们的情敌。

时光将我在若干年后再次奉献给那些赢得了战争的人类和在格斗中胜利了的动物。

总之，只要是生命，只要存活过，就最终会来我这里报到，就终究会与我团聚。

我是什么？

我是什么东西？

我是不是东西？

我也不知道，我只知道我一定会与生命团聚。

不错，艾滋和"二恶"都是我的助手，不错，原子弹和地震都是我的朋友，它们帮着我去迎接人类，它们帮着我去与生命团聚，它们是帮助我尽快实现去与生命拥抱梦想的催化剂。

我还用过子弹。

我还用过刀片。

我还要感谢希特勒。

希特勒那小子是我派去的，特别能干，一下为我送来了几千万朋友。

我憎恨那飞向天空的白鸽。

我不喜欢白衣天使。

她（它）们不让我与生命约会。但她（它）们迟早要飞进我的怀抱。

为了暗示我的存在，我给人类送去了《圣经》。

为了预告我的降临，我给人类传达了宗教。

我用千万个生命的归宿向人类和动物证实了我的不可回避性，声张了我的正义和永恒。

我让人敬畏我。

我让人幻想我。

我让诗人歌颂我。

我让生命追求我。

因为我终究会来临。

因为我时刻会来临。

因为我必然要来临。

我没有情人。

我没有浪漫。

我没有诗意。

但我有我的执着。

但我有我的守时。

但我有我的偏爱。

我不傻，

我知道该让谁先走近我，

我不愚，我知道如何拉拢生命，我是唯一的不用繁殖的存在，我是独一无二能达到永恒的永恒。

生命一次次与我擦肩而过。

生命一次次不情愿地扑进我的怀抱，有的被我善意地拒绝，有的一下被我紧紧拉住。

我来了，在黑夜中。

我来了，在白昼中。

我来了，在高山之巅。

在海洋之谷。

我向你伸来了热情的手。

我为你捧来了美丽的鲜花。

你有什么理由和勇气拒绝我呢，生命，我——死亡，你孪生的朋友！

某县政府工作报告印象（发生在社会转型期间）

（一）去年我县的军队所做出的重大军事成就，就是我们的军队不再经商了；

（二）去年我县的武装警察所取得的重大成就，就是我们的武装警察不再经商了；

（三）去年我县的公安战线取得的重大成就，就是我们的警察不再经商了；

（四）去年我县的教育战线取得的重大成就，就是我们的教师队伍再也不经商了；

（五）去年我县的文艺战线取得的重大成就，就是我们的歌唱家、演奏家、舞蹈家和电影演员们，不再经商了；

（六）去年我县在体育战线取得的伟大成就，就是我们的足球运动员、我们的体操运动员、围棋运动员、台球运动员、保龄球运动员们，不再经商了；

（七）去年我县在宗教界所做出的重大成就，就是我们的和尚、喇嘛、姑子和阿訇，都不再经商了。

（八）我县的税务人员、检察院干部，我们的法官和我们的医生、护士以及我们的新闻记者、我们的外交官、我们的理发师、美容师和向遗体告别助理师都各自在他们工作的法律界、医务界、新闻界、外事口、美容口、向遗体告别口……在过去的一年中取得了举世瞩目的成就,他们都不再经商了。

（九）甚至我县的边防人员、救火队员、防暴人员、防化人员、核反应人员……也全不再经商了！

（十）我县在去年取得的最最重大成绩，也就是第十条最重大的成绩，同样举世瞩目的，就是：

1．我们的个体户商贩……也不再经商了；

2．我们的所有商店……再也不经商了；

3．而且我们的职业商人们，都统统地，再也不经商了！！！

移动中的梦——移民

　　人类在地球上的大规模移动如蚂蚁搬家，如候鸟迁移，如河水的流动。水向低处走，水向有海洋的方向流。人向高处移动，人向更富庶的地方迁徙，人向更适于生存的国家和区域搬家。

　　移民如潮。如潮般起，如潮般落，如潮般汹涌，如潮般放纵，如潮般势不可当，如潮般一发而不可收。

　　人类可因战乱而移民，人类可因天灾而移民，人类可因想淘金、想发财而移民，人类可因追求理想、自由而移民，人类可因好奇而移民，人类可因去统治被战胜了的异族而移民，人类可因说不出什么理由的理由而移民。

　　当初英国的囚徒们在犯罪前并不想去澳洲，却在犯罪后被运到了那块只见袋鼠不见人的新大陆，哦，还有考拉（树袋熊）。

　　当初从欧洲大陆移居到美洲的第一批登陆者以为他们要去的地方不是美洲，而是印度或是中国，因为他们误将印第安人当成了亚洲人。至今加拿大蒙特利尔仍有一个叫作

27

Lachine(中国) 的地方，第一批登陆的法国人误以为他们一脚踏上的，是那个传说中的中国。

用现代人的眼光来看，那种移民叫作移不好瞎移，叫作盲目的移民，叫作盲流。

移民给这个地球带来了那么多的故事、那么多的烦恼、那么多的机会、那么多的自由、那么多的痛苦、那么多的新奇、那么多的可歌可泣、那么多的大起大落、那么多次的机构重组、那么多次的国境线的重新划分、那么多次的战争和那么多次的战胜与战败。

移民的又一个代名词是战争，早期移民离不开战争。前去抢占另一群人生活地盘的人不通过战争不可能在新的家园中落脚，欧洲人到达美洲、定居美洲、统治美洲的代价是数百万印第安人的人头落地。英国罪犯被用船押送到澳洲的后果是千万只袋鼠被异类的奴役和杀戮——如果能将英国强盗与袋鼠相提并论的话。

很多移民是以原居地人的牺牲为代价的，还有很多移民是征服者与被征服者你死我活争斗的结果。一头公羚羊为了争夺一头漂亮的母羚羊还要用羊角与另一头公羊决一死战，那么那些带着大行李大包裹拖家带口到另一块大陆、到另一个国家或到同一个国家的另一块土地上去与当地人争吃、争喝、争住、争地位、争权利的移民呢？虽然他们在新的土地上不至于受到公羊角的顶撞，但最起码会遭到原居民的抵制和抵抗，或用枪用刀，或用流言蜚语，再不就用已经掌握的权力——去压制你、排挤你、歧视你、赶你走、让你不舒服、让你难以立足。

难民和移民都是移民，前者因受难而移民、不得已而离家出走，后者更为随意、更为自愿，也更为自作自受。

难道自愿的移民们不是变相的难民吗？在自己家里住得好好的为何要离家而去，为何要离乡而走，为何要舍弃曾经拥有的一切而到他乡。

难民者——有难才当。

移民者——不安居才移。

有好吃、好喝、好山、好水、好风光者不当难民；有安居乐业安定团结的处境者不当移民。正所谓难民移民实质上同理、同道、同命运，同困苦、同难受——都是不得已而为之也。

黑人和华人大批迁移出非洲和中国，是人类移民史上足以令人掩面大哭的两段伤心故事。他们起初都是被强迫着漂洋过海，或是被当作商品贩运出国的。在他们几百年前的那一次次的远行中既没有冲动，也没有兴奋，更没有发现新大陆的渴望，他们是被用铁锁束缚着去远航远游，去当苦力或"猪崽"的。他们当初去美国时不用考托福，更不用考GRE，他们没有通过过任何有关智力的考核，因为那时移民美国并不需要人的智力。

今天，想去美国当移民的中国人再也不用去当"猪崽"了，再也不用去当苦力了，他们可乘坐屁股喷着气的飞机、可凭着给的奖学金或用自筹的资金去留学了，去移民了，去入籍了。

百年前的梦与百年后的梦，一个是梦着回来，一个是梦着出去，出出去去、回回来来，出去了回不来，回来了又出不去，不出去就谈不上回来，出去后回不来了就死不瞑目——这就是当移民的苦、当移民的乐、当过移民与没当过移民的不同感觉、当过移民与没当过移民所品味的不同的生活滋味、当过移民和没当过移民的对生活的不同见解、当过移民与没当过移民不同的生活境界和生活态度。二者没有高低之分，只有感觉上的不同，没有优劣之差，只有视角上的区别。

被移过的树虽然茂盛但根基浅显，没被移过的树虽根基深厚但少经了几年风雨、少见了几多世面。被移民过了的人和情愿当了移民的人与在故土上终生厮守的人相比更多了几分感慨，更多了几分乡愁，更多了几分对故国的蓦然回首，更多了几分对故土的理不断的眷恋，更多了几分未老先衰和老气横秋的故国情结。

他们叹人老、叹天老、叹地老、叹日月老，叹故国、叹人生、叹大树的根。

这就是全球亿万当过移民的人类的共同心态。

地球者，因转动而存在；人类者，因移动而复生。树移则死，人移则活，此千古定论。没有欧洲人向新大陆的移动就没有今日的美国和澳大利亚；没有中国人向南洋的迁徙便没有华人占80%以上的新加坡；没有犹太人因故国失陷在世界各国全方位的散居便没有一部完整的二战史。

移民既创造了机会也产生了杀机，还创造了战机。

当今世界上也有因移民而人丁兴旺的种族，英国人便曾是包括加、澳、新、英等国的广大疆域的占领者，也有因外出移民过多而导致国力不支的，南美有的国家的外出人口数量甚至超出了本土的人口之和。

一部人类的移民史便是一部人类的搬迁史、战争史、情感史，扩张史、光荣史和被欺辱史，移民创造出了许多新兴的城市、新兴的国家、新兴的观念、新兴的文化和新兴的人类精神。

移民使人类杂居；

移民使人类不同的种族交融；

移民使不同的理念互补；

移民使不同的语言相通；

移民使人类的各路文明相得益彰；

移民使分居不同大陆的人种在新的土地上以新的方式组合；

人类通过移民重新认识这个世界；

人类通过移民重新开拓这个世界；

人类通过移民重新幻想这个世界。

人类可通过移民洗净故有族群携带的成见，因为移民的结果是杂居，杂居之后便可能杂交、便可促成带多种基因的后代的诞生，便会导致混血儿的增加。人与人之间连血都可以混合、都可以在同一人体中共流，还有什么种族之差异、政见之差异、宗教信仰之差异不可调节不可逾越的呢？正所谓分久必合，合久必分，人类之间因生存于彼此隔离的五大洲而分，又因移民到同一块土地上、在同一处所混居混血而合，再因血缘的混和而形成习性、观念的混同，由此说来，移民可使人类大同。

世界的移民大潮浩浩荡荡。如今火车提速了，飞机提速了，出租车也提速了，地球上人类群体之间的相互运动也随之提速了。汽车移民代替了马背上的移民，飞机移民代替了轮船上的移民，今后火箭移民还会代替飞机移民。当然，那将是在地球上的全人类向外星系的全面进攻和征服。总之，如今这个星球上再也难找到从未离家半步的非移民了，从广意上说每人都有着长短不同的、远近不同的移民经历，都多少有过那种理不清的移民情结，都多少做过几多离家出走的梦。可以说今后的千年将是人类之间加速相互交融并加速扩充移民大军的千年，而一个由亿万移民大军构成的新世界又将给它 60 亿子民们一个由新老移民们编了又编、描绘了又描绘、美化了又美化了的、没有偏见和没有国界的、将世界还了原归了本的——美梦。

一个移动中的梦。

重逢阿Q

（一）

昨日在绍兴鲁迅故居前，又重逢了阿Q。同去的郑老弟顺着本人手指的方向望去，也说："像，真像阿Q!"因为那个被我指为阿Q的老兄既蓬了头，也垢了面，并且还吸着半个烟屁。那人飘悠悠的，被春风得意地吹着踉跄而有些醉意地从我们身边逛过去了。

我们捧腹大笑！

（二）

赴绍兴观光，想看的就是阿Q。虽然本知可能世上本来没有阿Q，虽然本知阿Q已经死去了大半个世纪，虽然本知阿Q之父——鲁迅也已仙去大半个世纪了，却死乞白赖地想从S镇（鲁迅对绍兴的惯用代称）已经相当现代化了的街景中拎出一个半个的阿Q来，以飨我的笔，以飨我对阿Q的那缕哀思，以飨我对逝去的那个世纪的中国的那片情怀。

阿 Q，好歹是要千古的；鲁迅，终究也是要千古的。他们"父子"，好歹是要不复存在的，因为中国已经进步并进入了 21 世纪了嘛，因为帝国主义已被赶出中国了嘛，因为大街上已经没人留辫子了嘛。不留辫子的中国也就无需阿 Q，不留辫子的中国也就要干干净净消灭阿 Q 以及与他同镇同乡同故里的、被鲁迅奚落过、被国人奚落了许久许久了的小阿 Q、小尼姑、小假洋鬼、小地痞和小人了。

中国的男人都已西装化了，也就不再留恋阿 Q 了；中国的女人都高跟鞋化了，也就淡化了小尼姑了；中国的文化已都网络化了，阿 Q 也就该学计算机了。

总之，S 镇上该有咸亨酒店、该有孔乙己的茴香豆，该有带毡帽摇乌篷船招览游客的船夫和做小生意的小商小贩，但万万不该再有那么一个阿 Q 了。真不该有，有便是活着见了鬼。

（三）

但，那个极像阿 Q 的、像个吊死鬼似的 S 镇的男子，还是在我二人的大笑声之中，逛游着从鲁迅祖居的黑漆门前晃过去了。

他，就是阿 Q!

阿 Q——就是他！

就是阿Q的他！

眼见他那又黑又脏的布衬里裹着的肉体再也不能从人群中分辨清楚时，我收住了笑。

我开始想：

1. 镇压阿Q的那口刀就那样不快吗？

2. 阿Q是从哪个年代起搞计划生育的？

3. 保存完好的S镇有阿Q纪念馆吗？如果有的话，里面有阿Q家谱吗？

4. 阿Q的后代的姓名是该按洋人的排法叫，比如儿子叫阿R，孙子叫阿S，重孙子叫阿T，还是该按中式的排列家谱的方法叫？

5. 阿Q何时会因有一代人不育或绝育或阳痿而在中国断子绝孙？

6. 阿Q家的财产在哪种情况下应该被国库收藏？

7. 阿Q本人死后到底埋在了哪儿？现在清明是否还有人为他上坟？

8. 阿Q真的死了吗？阿Q真的死绝、死干净、死清白、死得光明正大并死得其所了吗？

9. 现在是否该给阿Q彻底平反昭雪并为他竖碑立传？是否该世世代代弘扬阿Q精神？

10. ……

雨，就让她下来吧！

（一）

既然西湖的雨那么愿意下来就让她下来吧，反正，我拦也拦不住了，反正，我挡也挡不回去啦。

那你，就慢慢下来吧。

（二）

别那么急，别那么猛。因为——大家都没带伞；因为——带伞的是极少数人；因为，大家并不知道你今天这么急着，要下来。

（三）

雨那么轻，雨那么缓，雨那么随意。雨那么一望而无际。她那么轻，她那么柔，她那么惬意，她，那么善解人意。

你，那么轻，你，那么软，你那么朦胧，你那么惺忪，你又，那么肆无忌惮。

（四）

西湖的雨啊，你慢慢下；

西湖的雨啊，你小心下；

西湖的雨啊，你大胆下；

——来吧！

（五）

我，要捧着你；我，要接着你；我，要扛着你；我，要抱着你。我要淋着你——前行，慢走，伫立，小跑，而且，我没伞好举。

（六）

她下着。她迷住了山，她遮住了湖，她挡住了天。她足踏着青色的地面，她脚踩着我黑色的头，她发出着吱吱的笑声。那湖、那山、那头、那路、那天、那云雾、那塔、那塔中掩埋着的珍宝，都在她的吱吱的笑声中睡下了，倒下了，躺下了，消失了，变温存了，变老实了，变得——可有可无了。

（七）

西湖的雨呦，你们何时停，你们何时归去，你们何时不再胡闹，你们何时听话，你们何时变得成熟，变得该停则停，该止就止？

西湖的小妹子般的雨啊，我服你们了，你们快歇下来吧，你们快快地给我滚回那山峦和云雾里的老家去吧。因为，你大哥我已经被淋成落汤鸡了。

西湖雨

（一）

西湖的雨是不湿的雨，不湿的雨，才是西湖的雨。西湖的雨，打不湿衣襟；西湖的雨，打不湿裤角。西湖的雨唯能打湿的，是那一小块路人的心。

（二）

路人的心，行走在西湖边上的路人的心，是不打也湿，是不浇也透，是不碰也塌的心。

（三）

湖上行走的路人，是雨中的路人，是雨和湖中的路人，是雨雾和湖中的路人，是雨雾和湖波中的路人，是被雾水和波纹影印下的路人，是城里人的路人，是外来的路人，是逃逸中的路人，是流亡中的路人，是人群中的路人，是大道边上的路人，是雨中、风中和静湖里飘泊着的路人。

（四）

　　路人啊路人，西湖小雨中的路人。路人啊路人，西湖小风中的路人。路人啊路人，西湖小路上的路人。

（五）

　　西湖的雨是路人的雨，西湖的雨是为路人而下，为路人而落的雨，西湖的雨是为路人而生、为路人而死的雨，西湖的雨是为路人而发、为路人而下的雨，雨湖的雨就是那路人，那逃之中的浪人的、那飘落中的醉人的、雨的、水的、被风拉动的——水造的幽梦。

玛雅妈呀妈呀地走了

（一）

妈呀，这就是玛雅文明！

妈呀，这真是稀奇！

妈呀，她如何忽地消失了！

妈呀，玛雅文明就这么稀里糊涂地——走了！

这是我在世纪坛看《玛雅文明展》时获得的笼统感受。

Maya——玛雅，那个曾在墨西哥高原上存在过几千年的文明，那个被长得像印第安人的玛雅人创造并将之推向顶峰的奇迹，那个制作过无数今人既无法想象又无法仿制的艺术精品的族群，就在一千多年前的某几十年或某几百年中神秘地逃逸而去了，神秘地放弃了他们建造的金字塔、象形文字和石雕石刻。

他们跑进热带雨林中了。

他们跑得无影无踪了。

他们跑得仓促跑得快，跑得干净利落，他们跑得无牵无挂，他们跑得无声无息，跑得无情无义。

因为毕竟他们留下的文明是几千年的文明。

因为毕竟他们丢掉的文字是如图如画的文字。

因为毕竟他们背离的雕像是真正的雕像。

因为毕竟他们不再看一眼的金字塔，是形如金字或如金子般与众不同的建筑。

真可惜。

真忍心。

真拎得起，

也真放得下。

（二）

我在加拿大居住时曾开车进过印第安人的保护区，那是在我家的河对岸，也是在丛林里，不过那儿不是雨林，而是雪海，因为那里的冬日极冷。

我们第一次想进去时，没能成功，因为保护区的路口有一个印第安人站岗，并且他手中举着一口大片刀。

那刀口上虽然生满了锈，但好歹也是口刀。

而我们那时只有车，却没有刀。

所以就没敢进去。

印第安人在北美享有"第一民族"（First Nation）的绝对优越权，可以拥有自己的武装，可以不向政府缴税，可

以走私些烟草，当然，也可以手持生了锈的红色大刀将本人
吓跑。

于是，本人便转头跑了。

——开着一辆破汽车。

（三）

第二次去时那拿刀的人不在——他可能到林子里磨刀
去了。

保护区的人口比法裔和英裔人居住区要密一些，印第安
人见有人开车来了，先都惊奇地朝本人车的这边张望，见是
我们，便收起了警觉，放心谈天或接着晒太阳去了。

我问同去的老留学生为何印第安人见了我们先是惊奇后
是不理，他说他们可能是将我们也当成印第安人了。

我这才从车上的反光镜中望了一眼自己，又看了一下阳
光普照下的印第安人，才发现我与他们的区别似乎仅仅在于
我脑后没辫子，而他们的脑后，却有辫子。

再有就是我们略白一些，他们略红一些。

而已。

难怪他们对我们放松了警惕，难怪他们没举起枪或刀，
来与手无寸铁的我们作战。

而他们在电视上，前不久刚与法裔警察在这一带用冲锋

枪对射。

从那以后我才知道，本人在北美也有一支远亲，他们名叫 ——Indians——印第安人。

发现了这个秘密的本人那时正好没工作做，便做好了精神准备，一旦几个月内再找不到工作，就蓄留头发，就将皮肤暴晒成红色，就学习印第安人的样抡着大刀片子走私香烟，或用冲锋枪枪击法裔警察。

当然，那要先学一下如何开枪才行。

当然，那已经是很久很久以前的，

往事了。

（四）

而今，在玛雅文明的碎片前我又想起了抡着红色锈刀的那条红色汉子。

他就是 18 世纪逃离金字塔的那些神秘的失踪者们的后裔吗？

他就是这些至今人类还无法认知的如图的文字的创造者们的肉身的遗址吗？

如果是的话，那，他们为何在距今那么近的时代——中国都已进入唐代了的时候——那么干干净净地从曾有过的艺术的辉煌中抽身离去？

唐代远吗？

李白离我们远吗？

唐太宗离我们远吗？

唐代的文字离我们远吗？

不算太远，因为连我们的孩子，今日，还能吟颂唐诗。

但 Maya——玛雅人的字呢？

有谁能解读？

但玛雅人的诗呢？

有谁能颂？

但玛雅人的文化基因呢？

被谁传承了？

是被那个手持红锈大刀的印第安汉子吗？

还是被长得与他有几分相似的我？

（五）

创造了文明的牛人。

继承了文明的牛人。

但，创造了文明的却不继承文明的人——牛；但，创造了文明却逃离了文明的人——更牛。

我看。

当然，这要看，何为文明。

当然，这要看，文明起于何时止于何时。

汽车和原子弹以及摩天大楼算是现代文明的象征吗？

如果算的话，现代人还不如像玛雅人那样——妈呀妈呀地飞步遁入丛林为妙。

但如今丛林在哪儿？

如今丛林还有吗？

有倒是有，但少得可怜，而且已被那些先去的手提大刀的印第安人给抢占了。

从这层意义上说，玛雅人绝对有先知先觉。

从这层意义上说，玛雅人并不傻。

从这层意义上说，玛雅人当初并未遗弃那文明，而是找到了比汽车原子弹文明更文明的——文明。

那，就是丛林。

第二部分

胡说八道道男女

四十岁的男人最怕人说你什么

四十乃男人大惑之年。

四十岁的男人刚到四十岁的时候最怕人说的，是他已经到了四十岁。俗话说"四十的男人一朵花"，四十岁的男人，按照众人的想法，应该已是一朵花了，所以男人一到四十岁，就怕自己还不是花，而还是绿叶。男人一旦到了四十还不是花，就只有终生做绿叶、做陪衬的份儿了。所以男人一旦到了四十，就会被由众人的眼光组成的社会的观念驱使着，使劲地往该是鲜花的那个角度发展，就必须是花，哪怕只是含苞待放的花骨朵儿，但绝不能没有开花的迹象，绝不能只长叶子不开花，绝不能跟松树似的全身只有绿叶，哦不，连松树也开花，还产生松果。

四十岁的男人之所以开始活得沉重，就是因为本为阳性却被社会眼光逼着开花，逼着像电视明星那样既上舞台又上电视，既佩带手机、呼机还要拎着商务通，还要不停地补钙，还要在荧幕上公开洗澡，还要十分频繁地与各类女人来来往往，而且一样都不能少，少了就只是叶子不是花了，就只有当"三陪"了。

四十岁的男人是刚过午的太阳，是爬得最高、发最耀眼的光、而且马上就要往下掉的太阳。

四十岁的男人的太阳，要悬挂于高天的顶栅，要使劲在那里硬撑着，要发挥最大的能量，要给人间万物播下最强的光辉，要付出最大的金色的能量。要无私，因为只有它才能给万物以午间的光华；要无畏，因为它被独自悬于最高最险之处；要小心谨慎，因为它的耀眼会招致没它那么明亮的、早间晚间的太阳和世间一切不如它明亮的存在的嫉恨。

四十岁的男人虽在精力上最旺盛，虽在人气上如日中天，却活得最累，活得最不由自主，活得最不是给自己活，活得最腰痛背酸，就是因为他们是正午十二时的太阳，就是因为他们除了燃烧自己，除了给别人带来光辉，除了承担起最高、最险、最需卖力的活计外别无选择。

谁让他们要当"人过四十，天过午"的太阳；

谁让他们既被女权主义者篡夺了实权却实际上是承重墙式的栋梁；

谁让他们已爬到了最应风流最应倜傥的人生高处；

谁让他们被迫去做那些耀眼的阳性花朵；

谁让他们已经看到了四十以后的命运——往下滑呢。

四十岁的男人颇像已经顺着杆子爬到了最高处的猴子，已经无处可爬，已经开始要往下栽了。

四十岁的男人如在百米跑道上冲出了五十米的健将，已经开始感到了达到极点后的体力不支。

　　四十岁的男人的前头是——五十岁，是午后的乏力，是向光线不足的午后和将会完全黑暗的夜晚的迈进，是向老年、向死亡的末日、向零的最原始状态的靠拢。

　　只有四十岁的人才能看到五十岁的临近。

　　只有爬到最顶点的太阳才知道何为跌落。

　　只有人活到最风光最辉煌最年富力强，最不可一世的时候，才知道何为风光后的失意，何为辉煌后的黯淡，何为力不从心，何为世道的衰落，何为群芳烂漫后的荒草凄凄，何为商务通、手机、BP机、洗澡和来来往往噪杂之后的寂寞，何为众望所归、众星捧月、如日中天后的——

　　没劲。

　　四十岁的男人如拖着重负在阳光大道上爬得最累、最惨的驴，他们不仅没有四十岁以前少年的如奔马一样的轻松，也不允许有五十多岁以后如骆驼般步履的蹒跚，他们就是驴，是没有自由的、拖着由社会责任、家庭责任、生命责任等一大堆重负在最陡、最险、最高的山坡上使足了吃奶的劲儿一步步玩命爬着的——大耳朵驴。四十岁的男人最怕人们不叫他们经理，不叫他们父亲，不叫他们丈夫，不叫他们处长或村长，因为倘若在四十岁的年龄段落中还当不上经理、父亲、丈夫、处长或村长的话，他们可能终生再也当不上经理、父亲、丈夫、处长或村长了。但殊不知，人们正是通过管他们叫经理、父亲、丈夫、处长或村长的残忍手段往他们已经十分沉重的包袱上加压，变本加厉地加压，并给与他们种种无法实现的期待。人们想从他们身上看到的只是高悬于空中的日头，只是明星式四十岁男人台上台下的风光，只是如企鹅样被缠在西装中的风度，只是牛逼，只是辉煌，却偏偏没看到他们背后或他们眼前的下滑和无奈。那是午后的夕阳下滑的无奈，是向衰老和黑暗下滑的无奈，是达到颠峰后向陡坡下滑的无奈，是大红大紫后的下滑和无奈，是定数的下滑和无奈，是人的生命周期的下滑和无奈……随后如狗尾巴花朵和大耳朵驴似的四十岁男人无可奈何地退出历史舞台，已经等得不耐烦的跃跃欲试的新人类和新新人类们的粉墨登场。

那是阳光的不再灿烂，

是午后的昏暗，

和夜幕的降临。

女人最令人动心的时刻和男人最不想回家的时刻

（一）

《时尚》的编缉将两个十分令人眩目的话题摆到了我这个已婚并且拥有十分美满的小家庭的丈夫和父亲面前，第一个是"女人最令人心动的时刻是什么"，第二个是"男人何时最不想回家"。

这使本人十分为难，因为一个已婚的男人最不想回家的时刻，可能正是那个碰到最令他动心女人的时刻，这当然是指在外面碰到了比老婆更令他动心的女子，如英国女皇或皇妃一类的淑女。另一种可能性呢？一个男人最不想回家的时刻，可能也正是一个女人——他的老婆处在最令他动心时刻的时刻，因为他想回家的时刻老婆正好不在家里。

另外，让一个已婚男子写不想回家的时刻比较容易，让他写最想回家的时刻比较不容易。而他既然不想回家，又让他回答关于何时为女人最令他心动的时刻这样一个话题，是十分危险的。

这可绝不是一句玩笑话。可能本刊的正值妙龄的女编辑们尚未婚配，尚处有暇玩弄《时尚》式的情感游戏的年纪，但这其中的危险无人不知，无人不晓。不信？此刻正在阅读本文的那些已婚的男子就懂得回答这样一个问题的危险性。那如同让他们对他们的妻子庄严宣布："我在家中从此站起来了！因为，你最令我动心的那一时刻，已经一去不复返了！"

他们敢吗？

他们的老婆一定会反唇怒斥："我最令你动心的时刻，最起码要持续一百年，要不当初你为何信誓旦旦地要与我结为百年之好？！"

看来这是一个类似相对论的命题：同样是"时刻"，在男人的心目中那个"时刻"，就是时刻，是以"时"和"刻"来计算的，但在女人的心目中的那个"时刻"并不是个时刻，而是个抽象的时区，是二十四小时，是二十四个时区，是二十四年和二百四十年，是永久，是永恒。

这又是一个抽象的哲学命题。何为一个女人最动人的时刻呢？只是她们的容貌吗？只是女子面部诱人动心的那一瞬间吗？从何角度看？是从异性的角度看还是从同性的角度看？是从同辈人的角度看还是从晚辈长辈的角度看？是从地痞流氓的角度看还是从正人君子的角度看？是从活人的角度看还是从死人的角度看？是从现代的角度看还是从历史的角度看？是从人类的角度看还是从动物的角度看？这能一一说清楚吗？

我只依稀记得这样几幅在我记忆中女人最令我动心的几个时刻：

1. 秋瑾就义。当一个单身女子被全是男人的清兵在故乡的街道上砍头的时刻。

2. 戴安娜玉殒。她那被千万部摄像机拍摄了无数次的脸庞终于被从车祸的残骸中辨认出来、她全身皆损却容颜依旧的时刻。

3. 巴黎卢浮宫中的那幅大革命时期的油画，那个将巨大乳房袒露着，手举大旗冲在阵前的女革命者。

4. 我的祖母，她以九十一岁的高龄参加与她相守了近一个世纪的祖父的遗体告别仪式。当众人皆哭时独她无泪，但众人散去后人们从门的缝隙中看见她倚着祖父的遗体老泪纵横。

5. 我邻居的老婆在国外生孩子的关健时刻，在众人"Push Push"（使劲啊！使劲啊！）的呼声中，只见她紧咬牙关，脸不变色心不跳，而且死活不让大夫用麻药，把孩子自然地给生出来了。

她们感人不感人啊？

她们伟大不伟大啊？

她们动人不动人啊？

她们令男人动心不动心啊？

啊？！

女人最动人的时刻是最女人的时刻，是最不同于男人的时刻，是最有女性魅力和母性的时刻，是最区别于男子的一切低级趣味的时刻，是最能催促男人回家的时刻，是最……

好，不能再往下写，我得赶紧回家了。

（二）

对于一个男人来说，最恶心的，莫过于不想回家的时刻。

连家都不想回的男人是最惨的男人。一个男人可以不想结婚，可以不想生孩子，可以不想当总经理或总理，可以不当太监，可以不当皇帝，甚至可以不当人，但不可以不回家，不可以不想回家，不可以碰到连家都不想回的那个时刻。

悲哀莫大于心死，心死莫大于不想回家，人混到连家都不想回的地步，也就谈不上什么其他的悲哀了。

男人不想回家有几种可能，第一种可能就是没家可回。所谓没家的"家"，在《时尚》中所指的应该不是父母的家，而是自己的家，不是大家，而是小家。用简单的话说，没家的男人，在时尚一族中，就是指那类尚没婚配的男子，用民间的更直截了当的说法来说，就是还没找到老婆的那一类大老爷们。

这种男同胞可能自认为已有了家，因为他们或许已经与

58

女人同居，但以《时尚》的尺度，哪怕是将这个尺度放宽到最宽宏大量之处，也不可以将那类同居人的栖居之所泛称为家，否则关于这个题目的讨论就失去了意义，否则就太对不起那些因结婚而有家并以百折不挠的精神维系那些家的男人了。

那样不公平，也不仁道，对有真正"家"的男人来说。

动物的居所，与同居的人的居所一样，也无权被称为家。动物的居所之所以与同居的人类的居所同样不具备被称为家的资格，是因为所有动物都没正式进行过结婚登记，都没经过街道办事处和律师的批准，都没上过教堂或被神父摸过脑门，都没冲天发过死不离婚的毒誓，一句话，都不合法。

动物们只有窝，但没有家；同居者们也只有窝，但没有家。

顺便提一下，

本人有家。

失敬了。

男同胞不想回家的第二个原因也许正是编辑给本人出这个题目想要套出的话题，就是家庭不合睦。

男人的小气

有一种说法，如果一个男人在搞对象期间在女孩子的身上过度花钱的话，就等于失去了童贞。听后我禁不住浑身一阵发冷，心说如果这种说法成立的话，本人早在学龄前就已经失去童贞了，因为我在五周岁时曾为同一个幼儿园中的五个女孩偷偷买了五根五分钱的冰棍。那时的五分钱等于今天的五万元——如果按利滚利驴打滚地算的话，外加本人宝贵的五次童贞。

虽然本文要说的是男人的小气，但在骨子里本人并不愿将男人归到小气的那一类人中说三道四，因为那实际上等于自己骂自己，况且男子在捐献自己的看家资本——童贞时从来都是十分的大气、十分的情愿、十分的大胆、十分的积极踊跃，所以男子们从根本上说就不该算是小家子气的人。不信，您看那些刚长出青春痘就急着追逐女孩子的童子、那些到了三十岁还没找到对象的大老爷们、那些在大马路上拦劫女孩子的小流氓，他们一个个不都是十分奋不顾身和急不可待吗？

他们个个都急着献出自己的童贞。

他们个个都万分大方地将能够再造生命的源泉出让。

他们个个都特急、特火和特慷慨大方。

男子在奉献童贞时都大公无私。

在这一点上女子远不如男子大方，因为从未见过刚长出青春痘就四处追逐男孩并死活要献出童贞的女孩。母猫倒有，青春期的母猫叫得最狠，也最不要脸。如果有人目击一个女孩子在大马路上拦路强奸男子的话，那她就非母系氏族出身的女子莫属了，但那要再等两千年后再说，等天全变了之后再议。以上种种分析过来，足以证明女子在奉献自己的生命标记上远不如男子慷慨，远不如男子激昂，也远不如男子大气。

其实，本人并非低级趣味之人，也并非在此故意地将小气的问题和男女两性的问题风马牛不相及地强行拉扯到一个平台上做毫无意义的对比，而是因为男子在出让性别标记时表现出的慷慨大方恰恰反映出了男子生来大度之本性。

何为大气？

出手大方也！

何为人之最珍稀之物？

生命也。

作为一个男人的生命的最明显的标记非童子贞洁莫属。

这不就清楚了？男人连童贞都可以说出手就出手，都能该出手就出手，还能算得上小气之人吗？

所以说男人本不应小气，男人本应大气，男人本应出手不凡，男人本应比女人慷慨，男人本应大大方方，男人本应说奉献就奉献，男人本应在女人需要奉献什么的时候就奉献什么，男人本应在女人不需要什么的时候就不要急着什么都奉献。男人在女人需要他们童贞的时候，就必须将之毫无原则地奉献出去；在女人需要他们青春的时候，就必须毫无条件地放弃青春；在她们需要他们的肩头倚靠的时候，就必须立即将肩膀送上前去；在她们想要他们的命的时候，就理应毫不犹豫地把命快递过去。同样，在她们需要用钱的时候，就更不该往后退却半步，就更不应该颤颤巍巍和哆哆嗦嗦，就更不应该将金钱看得比童贞还贵重。

连童贞和初恋、初吻都说给就给，何必在乎那几块人民币呢？

那也太小气了。

那不是男子的人之初。

那不该是男子的性格。

那不该是男人该干的事。

那不该是大老爷们的人品。

那本是小人所为之事。

那不是人。

是猫。

以上所说的是正常的男人，是男子的本来面目，是男人的人之常情，正常的男人都应是大气的人。

往下再说不正常的、不具备男子本来面目和人之常情的小人和小气的男人。

小气的男人是男人中的另类，是猫性的一类男子，不，确切地说是连狗都嗤之以鼻的那类小打小闹、用小爪子乱刨、专会挖小坑、做小洞、打小球、玩小家子气把戏的那类小男人、小伪君子和小流氓。

小气的男人本不应存在。

小气的男子本非男子。

小气的男子实为男子之耻。

小气的男人真该被从大老爷们的阶级队伍中——清除出去。

小气的男人无脸与本人为伍。

所谓男人的小气，绝非仅体现于在金钱上的斤斤计较。金钱上的斤斤计较可为精打细算，可为会过日子，可为节约，那应算是美德。男人真正的小气则表现为在他人面前的唯唯诺诺，表现为小肚鸡肠，表现为对爱的不忠，表现为对朋友的失信，表现为对职责的不敬，表现为对生命的不恭，总之，男人的小气绝非仅为可用计量单位衡量之小，绝非仅是半斤八两，绝非仅是三分五厘，绝非仅是此时彼时，绝非仅是此处彼处。

在功名上斤斤计较之男子绝不可能用生命去献身于他所挚爱之女子；

在物质上小肚鸡肠之小人绝不可能以赤胆忠心牺牲于与其共同奋斗之友人；

在功名和物质上小家子气的男人之不可信赖绝对可演绎为他在对家庭、对性爱、对情爱、对事业、对民族等一系列重大问题上的吝啬、不讲义气和不可信赖。

小气之人乃小人也。

小气之男人乃小男人也。

是小男人就不是大老爷们。

是小猫。

喵喵——

男人的身价

第一次听人用"身价"这个词汇表示某某男子的价值时，心里好一阵不舒服，因为本人在那个节骨眼上正在无所事事，也就是社会上所说的下岗，而根据我国对于下岗或无生活自理能力的人士所该进行资助的数目来看，我当月的"身价"应该是二百五十元左右，也就是说，我当时正好是个"二百五"。

——如果用收入的金额来标示我的"身价"的话；

如果"身价"对男人来说就该是月薪或年薪的话；

如果男人除了用收入来标价之外就再也没有什么别的价值的话。

没错，那样本人的确就应是"二百五"。

没错，那样除本人之外的许多省市和许多地区的靠下岗补助或最低收入过日子的许许多多的大老爷们的"身价"，也都应是在"二百五"上下。

那样中国就一下会出现百万千万个"二百五"了。

那么说，在改革开放前的几十年中，中国人中的绝大多数不也就都成了"二百五"或远不如"二百五"有价值的人了吗？

那么，又如何来给我们当时的整个国家估价呢？

不知道。

请问那些最先给男人开价的人去吧。

（二）

在包括人类在内的动物之中，早先常常给驴马标价。

以前去过农村的农贸市场，也就是所说的"集"。集上除了卖青菜豆腐，还卖驴马，当然也有猪羊和骡子。

印象中给牲畜看质论价时，颇有几分的讲究，而且买卖双方一定要具备一定的专业水平。如马的价格都依马的牙口来定，公猪的价格体现在当众交配时的勇猛，母驴的价格要看是否能下出骡子来——如果允许它与马结婚的话，而骡子呢（骡子乃驴马生出的杂交动物，但骡子是再也生不出驴和马的。因为现在的年轻人大多缺乏这种常识，在此特做说明），它的价格就不应以交配或所生后代的品质如何来论定了，因为骡子本不是用来传宗接代的牲口。

挺有学问的吧！

在骡马大集上给牲畜定质论价时，还要注意一点，就是不能将它们的标价明目张胆地标写出来，绝不能说"张三驴"值 1000 元，"李四猪"值 800 元，即使卖主明知"张三驴"是好驴，就值 1000 元，也明知"李四猪"是名猪，就值 800 元。不给它们标价也许是出于标了明价就不好再提价或砍价的考虑，但本人琢磨来琢磨去，以为可能是出于保护牲畜的自尊心，可能是因为动物们特要面子，可能是因为动物们特要脸，可能是因为动物们不愿在闹市上被人——那么多生人——肆无忌惮地品头论足，毫无品位地估来估去，主人们也不忍心将他们宠物的价格在大庭广众下毫不讲情面地压下来抬上去。

没错，就因为动物们要脸，

就因为动物的主人们也要脸。

动物和动物的主人们虽然为了生存在光天化日下展示它们的价格和价值，却外加了几分的含蓄和廉耻，外加了几分的顾忌。动物们虽然有价却又"无价"，动物们对自己的身价虽然心中有数却待价而沽，因人而沽，能晚卖点就晚卖点，能不兑现就甭兑现，能晚点暴露就晚点暴露。

畜牲们要脸。

畜牲们的"身价"更难定。

畜牲们的身价真"高"。

高，高，实在是高啊！

（三）

但是，人在出卖人时却不那么含蓄。

但是，人在被人出卖时却不那么要脸。

但是，人在给别人制定"身价"时却总是直来直去。

但是，人在被别人定价时却那么满不在乎。

除了本人，本人不愿被别人标价为"二百五"。

据说，全球身价最高的男人是美国的比尔·盖茨，约为1000多亿美元；据说，香港的"小超人"李泽楷的身价也曾达到上千亿港元；据说，中关村的几个网站新秀的身价也已达到了上亿美元。真棒，中国人的"身价"也终于以亿万美元来标记了；真棒，内地中国人的标价终于可以与香港人和美国人的标价相提并论了。

但本人又私下认为，只有当美国硅谷的富翁们的身价需用人民币来标记时，才算是中国人民真正站立起来之时——倘若认为人的价值可用经济财产的数量来标记的话。

再掉头回来，说说盖茨和"小超人"的身价。

前一阵美国和香港大闹股市危机时，本人又在报刊上看到了两幅比尔·盖茨和李泽楷在他们的身价分别在昼夜间跌下1000亿美元和1000亿港元后的照片。

只见他们有几分狼狈。

只见他们有几分憔悴。

只见他们有几分无可奈何。

只见他们有几分想不开。

只见他们有几分——可怜。

他们掉价了。

他们失意了。

他们因掉价而失意了。

他们之所以狼狈、憔悴、无可奈何、想不开、显得可怜、显得掉价，是因为他们的"身价"分别从1000亿美元和1000亿港元之外跌回了1000亿美元和1000亿港元之内，是因为他们的"身价"从我们这些"二百五"们的数十亿倍下降到了数亿倍，而有趣的是，包括本人在内的以亿记数的小老百姓和小市民们虽然以"身价"而论有的还远不及骡马大市上的种猪种马，更比不上动物园中的熊猫和四不像，却并未因纳斯达克和恒生指数的暴跌而显得狼狈，而显得憔悴、失意，而显得可怜和掉价，而显得贬值，而显得没了"身价"。

不管风吹浪打，本人"身价"依旧，小老百姓"身价"依旧。甭管有钱没钱，张大民们照样贫嘴，照样过年，照样过着幸福的——生活。

写到这里，笔者想到了一个从朋友那里听来的故事，说某华尔街的炒股巨子因股票暴涨而发财，"身价"在短期内上涨到了80亿美元，但有一天他从华尔街的一幢大楼上跳

下摔死了，因为那天股市狂泻，他的"身价"一下缩水到了
40亿美元。

我看还是身价低的张大民们幸福。

但劝他们千万别炒股。

也劝比尔和泽楷多想开点儿。

男 人 的 付 出

（一）

在这样一个商务通、手机、BP 机泛滥的商品时代里，要想将男人的付出从女人的付出中清清楚楚地择出来，实在是太难了。那如同让一个本是红绿色盲的男人从一大堆绿色的菠菜中挑西红柿，是在有意地为难他。

在现代的中国，的确，男人付出了，女人也付出了。男人付出了很多，女人也付出了很多。男人能付出的，女人也能付出。

男人能经商，女人也能经商；

男人能从政，女人也能从政；

男人能打扫环境卫生，女人也能打扫环境卫生；

男人能买菜做饭煎带鱼，女人也能买菜做饭煎带鱼；

男人对女人能忍气吞声，女人对女人也能忍气吞声；

男人能给女人下跪，女人也能给女人下跪；

男人能持刀伤害男人，女人更能持刀伤害男人。

总之，天下男女平等已经半个多世纪了，男人能做的、能付出的，女人大多也能做了、也能付出了，而且在许多方面男人根本无法付出的，女人也能想付出就付出，想付出多少就付出多少，比如说付出母爱。

这样分析了一番之后，任何一个男子都会感到几分的沮丧和失意，因为这会使他们的自尊大减，使他们失去在女性面前跃跃欲试大展男性风彩的自信，因为一旦男女两性间的差异——除了生理上的差别，已经不那么明显或不那么十分明显的话，男人们再想付出，男人们再提什么"男人的付出"这样的话题，也就没什么实际的意义了。

男人式的付出如果完全等同于女人式的付出，还提男人的付出干嘛？

有一点忘了说了，城市男人的付出并不等同于乡村男人的付出。眼下乡村男子的付出还是有别于乡村女子的付出的。在农村，男子的付出十分明显地表现为体力上的付出，表现在耕作时的辛劳，在这一点上大多数乡村女子尚不能与男子拼比。但这种男性在体力上的相对优势或许不会坚持多久，因为男性在体力上的优势在不久的将来或许会被在体力上更具明显的优势的机械给逐步取代——随着农业现代化的最终实现。

（二）

再说点长远的和宏观的。

在商务通、手机和 BP 机流行前的几千年人类的宏观史上，女人付出的是奶水，而男人付出的是血水。商务通、手机和 BP 流行于和平的年代，而人类历史上更精彩、更可歌可泣、更惊心动魄的，则是战争的历史，是社会动荡的、变化的、革命的、发展的、发生质变的历史。

是打仗的历史。

是男人打开的历史。

是由男人的血水和生命大写出来的历史。

是男人用满腔热血活生生付出了代价的——历史。

凯撒是男儿。

拿破仑是男儿。

关云长是男儿。

李逵、鲁智深、武松是男儿。

闯王是男儿。

少帅是男儿。

当然，沙场上并不是没有女兵，也有中国的花木兰和法国的圣女贞德以及前苏联的《这里的黎明静悄悄》里的女兵。但花木兰是代父去从军的，而且还是女扮男妆。谁都无法否认，上战场的士兵绝大多数都是男性。本人虽未上过战场，却看过不少打仗的电影。凡是打仗攻城的片段，别管古今中外的，只要是有人在震天的杀声中攻城，那杀声便一定是男人的嗓音。

（三）

以上是玩笑话，再说正经的。

一部人类史，从和平的角度看，是女人的历史，是用奶水滋养出来的温情的历史；从战争的角度来看，则是男人的历史，是征战拼杀血性的历史。男人用鲜血既破坏了和平，也促进了和平、创造了和平。他们更替了和平的方式，他们更新了和平的内涵。而男人正是通过发起战争、玩弄战争、赢得战争确立、巩固和捍卫了自己的地位。

男孩儿从小就好玩打仗的游戏。这是源自他们的天性，却也正是他们生来的不幸，因为人类不幸地总是以打仗的方式去改变我们的历史。男孩儿们玩打仗的游戏并不十分可怕，顶多是被别的男孩抓破了衣裳或挠破了头皮，可怕的是当他们长大成人之后，他们作为男人的职责让他们到战场上去打真的仗，做真的冲锋，并真的淌血，真的负伤，真的献出他们的生命。

那虽是男人真正的付出，

那虽是真正男人式的付出，
却是男人真正的不幸。
可怜的好斗的男同胞们，
可怜的不那么珍惜和平的人类。

大男人与小男人

（一）

大男人并不等同于大人物。

小男人却都是小人。

作为一个男子，想终生做一个顶天立地的大男人，实在是难，所以在男人的一辈子里，难免人人都当——当小人。

好人坏人难辨。

大人小人难分。

谁让人性那么复杂，谁让一辈子那么长呢。

（二）

一提起男子的大小，就免不了想到了玩篮球的乔丹、马龙和罗德曼。

他们都顶天立地，都能手抓篮球在空中行走。罗德曼虽然抓不着球，却能捅得着球，抱得着球。

他们都是大男人吗？

我看都是，因为他们长得实在高大，但我看也都不是，因为他们长得再高，也比长颈鹿矮，也比松树矮，也比长白山矮。

人的高大，可能并不在于身高。因为人的身高，在群山和丛林眼中，确实不值一提。在它们的眼中，女人显然并不高大，男人虽高于女人，也没高过它们的膝盖。

所以人要低调，人的低调并非是因为需要谦虚，而因人类本身就十分矮小。

与山和树林相比。

还是低头做人吧，罗德曼老弟。

（三）

不知为何人总爱将"小人"一词与男子挂勾，不知为何很少有人说二十几岁的姑娘是小人。

也没有说七十几岁的老太太是小人的。

就是男的一旦死了，即使是死了上千年后，人们还是将"小人"的称号赠与他们。

比如秦桧。

人们在向男人索取时总是那般苛刻，总爱用骂"小人"的方式将他们拔高。

因为你叫他们"小人"了，就要求他们不再是"小人"，而是"大人"，而是"君子"。这样男子活起来就辛苦了，因为他们假如不愿当"小人"的话，就只有当"君子"。

这多累啊！

这可多不容易啊！

这就是男子一生的进退两难，他们不当"小人"，就要当"君子"，就要挺胸抬头，就要道貌岸然，就不能低下头颅，就不能勾肩搭背，就不能装孙子，就要当好儿子，而且还要当孝子。

一句话，累死了。

这，就是男人的命——苦命。

这，就是男子的世界——悲惨世界。

这就是男子的付出——孺子牛的付出。

这也是男子的风光——大人物的风光。

但那结果很惨，风光后还是要被累死。

（四）

当大人物虽难，但好当，但风光。

当小男人虽易，但苟且，但辛苦。

男人最不幸的，是想当大男人当不成。男人最大的悲哀，是做不成君子而只能做小人。

那很苦啊。

那更累啊。

历史上这种人多如韭菜，一茬茬倒下去，现实中这种人多如牛毛，一队队走过来。他们明知自己在做着小人的事，却不得不做，他们明知自己身后会留下骂名，却不得不做，他们明知自己死后无葬身之地，却不得不做小人之事。

苦啊，难啊！

可悲可叹啊！

男人之命，君子之命。

人之命，命之命。

统归一个字：难！

（五）

男人身为上苍所造之尤物，却是徘徊于君子与小人之间的存在。男人绝不可能终身或永世做君子，男人绝不可能在今生和后世同时做大男人。在历史上做了君子的男人，大多在活的时候十分不幸，在这个世界上处处以君子的形象行走于世的，可能身后就是被人唾骂的小人。这可笑吗？这可怕吗？是，但谁让我们身为男人，谁让我们被人强求着当君子，谁让我们身高七尺，谁让我们在女人的心目中必须显得顶天立地，谁让我们天生就长得比女人高出半头呢？

谁？

你，老天爷。你太不公平，你太爱开玩笑，你太爱拿大老爷们开心、开涮了！

我们不服！

我们要上诉。

向你——同是男人的老天爷上诉。

（六）

我倒有一绝招，可为众弟兄排忧，可为众位爷解难。

我们干脆就装孙子，我们干脆就当孙子，我们干脆就不当大男人，我们干脆就别当君子，我们干脆一辈子当小人——得了。

注意，不是当小人物，而是当小人。小人并不等同于小人物，小人物大多不是小人。骆驼祥子是小人物，但不是小人，阿Q虽然是小人物，但也是个人物。那何人是小人？

非君子者也，非君子之徒也，非正派之人也，非磊落之人也，非痛快之人也，委曲求全之人也，落井下石之人也，出卖友人之人也，不光明正大之人也，打篮球时踢人者也，踢足球时抱球跑者也，从人裤裆下爬进爬出者也，踩人肩头往上爬者也，总之，总之他们都是小人也。

我看那并不错。非正派之人可活，而且活得不错；非痛快之人没死，而且活得痛并快乐；委曲求全者天下皆有，而且后继有人；从人裤裆下爬着走的好歹不用等红绿灯；打篮球时踢人后可接着再玩；踢足球时抱球跑的还能当超级球星。

马拉多纳之后有几个球不都是用手进的吗？

怎么啦？

当小人好，当孙子也好，当小人和孙子不累，当小人和孙子潇洒，当小人和孙子——不难，当小人和孙子——好活。

（七）

男人的一生，光当君子、大男人难，但不是特难，男人的一世，光当小人和小男人也难，但也可当。男人的一辈子，最难的是在当小人时明知何为君子，最难的是在当君子时明知还可当小人。

那真是大男人之至痛。

那真是小男人之大悲。

那真是身为男人的

——生来的苦衷。

兄弟们，快跟我为了我们的苦命，一齐大哭吧！

猫一样的女人，狗一样的男人

（一）

我一直以为世间的一切女人都是属"猫"的，世间的一切男人都是属狗的。也就是说，在波斯湾一带居住的女人都好似波斯猫，在那一带居住的男人都像"波斯狗"。

历史上似乎曾经有过同样的说法，如美国一位女影星的名字就叫"小猫"，就叫"波姬小丝"，那正好与波斯猫同音。

我之所以认为女性与猫相近，主要是出于第六感觉。

你看，猫的身子软吧，

你看，女人的身子也软吧。

你看，猫的身子滑溜溜吧，

你再看……

另外需要补充的是，女性与猫相似，是既指公猫又指母猫，也就是说人类的女性与猫类中的母猫与公猫同时具有相关的联系。

也就是说，女人与公猫、母猫连姻了，与公猫、母猫私通了，与公猫母猫同病相怜了，一个鼻孔出气了，走到一股

子道上去了，她（它）们一同与男人作战了，她（它）们一
道将男人逼到墙角和床头子底下去了。

她（它）们沆瀣一气。

她（它）们狼狈为奸。

她（它）们不让我们男人活了。

我曾被自己养的猫狠狠地抓了几把，至今尚未痊愈，

我曾被世上的女人逼得疯狂，至今心有余悸。

我一见邻家的小猫，就把自己当成了老鼠，

马路上的女人一见我，就如猫一般紧走，

走着模特的猫步。

（二）

男人不知为何，总被人叫作"狗"。

鲁迅管他的批评对象叫"乏走狗"，

中国人管我们的敌人叫"帝国主义的丧家犬"。

还有"狗汉奸"，以及"断了脊梁骨的癞皮狗"一类的狗。

都是男的。

我们冤不冤啊！

我们亏不亏啊！

我们招谁惹谁了！

我们自己骂了自己。

女人从不骂自己是猫，而男人偏管自己叫狗。

我们十分地不自爱。

我们十分不珍惜自己的名誉。

（三）

女人的猫性，除了有依赖男人肩膀的倾向之外，还在于懒馋滑。

我就是这样总结我家的猫的个性的。

女人的"懒"表现在总在家里待着——这是指日本和韩国的女人们，还请我的女同胞们不要在此咆哮。

文章写到这里，已经得罪了许多女人，但本人既生为"狗男人"，又死为"落水狗"，便索性使些狗性子，便索性咬牙一个劲地汪汪到底，便不怕母猫的尖叫。

女人的"馋"就不用在此过多解释了。

女人的"滑"表现在手滑、心滑、情绪滑、情感滑，表现在处理与男人感情问题时的轻易，表现在与男人握手时、在将心交给男人时的滑溜和软了吧唧。

懒馋滑是猫的属性，用之形容女人，也许太有失尊敬，但既然男人先自称为"狗"，又被自己自嘲为"断了脊梁骨的癞皮狗"，双方也就扯平了、扯清了，也就相互免礼了。

记住，女人是猫，男人是狗，男人是在用狗眼看猫。

我们都不是人，我们都是人类。

（四）

人类是猴子变来的吗？

我看一部分人是，一部分人不是。孙悟空是，而猪八戒就不是。

人类中的男人是狗变的。

人类中的女人是猫变的。

我们都是癞皮狗和馋猫。

我们一前一后、我们相互撕咬着来到了人世，来到了人间，又彼此呼号着、彼此亲热着跳向了死亡。

我们留下的，只是癞皮和馋嘴，只是断了的脊梁，只是滑溜溜的情感，只是一地猫毛和狗毛。

只是梦，只是梦后的热闹，只是热闹后的清静，只是阴阳之交错，只是男女之交合，只是相互的伤害，只是猫爪和狗爪撕开的伤痕，只是汪汪和咪咪的余音，只是狗性和猫性的化石。

只是狗性的执着和猫性的缠绵，只是狗性的高亢和猫性的细腻，只是狗性的忠实和猫性的浪漫，只是狗性的视死如归和猫性的痛哭流涕，只是狗性的大义凛然和猫性的趋利避害。

只是男人女人向本性的回归。

男人者，狗也；女人者，猫也。

人世者，猫狗之爱恋、之争斗、之共存也。

不是阴风压倒阳风就是阳风压倒阴风，不是猫占上风就是狗称霸世界。武则天得志时，天下的好狗皆亡，天下的好男人全死；坏男人当皇帝时，天下的馋猫皆有所养，天下的坏女人都被娇纵。男的狗得势了，便养起了女的猫，便养起了小猫咪；小猫咪式的女子被男人养得闲得慌了，便抱起了小狗。

男人与女人互养。

不好的男狗与不好的女猫相互提携，便组成了另一个不好的世界，便形成了人类的"上流社会"以及所谓的"贵族"。

人类的"贵族"中不是恶犬，便是奸猫，只是没有好人。

唉，这个两性的世界。

唉，这个搞不懂的世界。

唉，这个半阴半阳的世界。

唉，这个一半男人一半女人的世界。

唉，这个猫狗分治的世界。

唉，这个动物园似的世界。

它，到此就完了。

什么完了？

写完了。

男人女人都曾是蝌蚪

（一）

有一次在地铁中看到过一幅广告图，图中有一个白色蝌蚪状的小虫子，在如海洋般蓝色的液体中使劲地游动着，显得十分的可爱。

我不由得驻足，想使劲拉那个小蝌蚪一把，想帮它快点游。但我仔细一瞧，才知那将是一种会招致过路人嘲笑的行为，因为原来那只"蝌蚪"是一个男人的精子，那个蓝色的"海洋"是一个女人的子宫，那是一幅有关计划生育的公共广告。

我差点耍了一次流氓，

在数百人通行的地铁站中。

在那许多男男女女的视线之下。

但是，即便如此的尴尬也难以阻止我看到这幅广告图后的好奇和悸动，因为我发现原来我们都曾是一只"小蝌蚪"。

（二）

我是在 20 世纪 70 年代在中学学的生理卫生课。那时的老师都十分保守和革命，同时，还十分的不好意思。

记得我那位讲生理卫生的老师刚刚中专毕业，是个比我们大不了几岁的女孩子。

我的那位女老师在上生理卫生课时本该在第一节就将人类是怎么来的说得清清楚楚，但由于她当时太不好意思，也就没说清楚。她大约提到过卵子和精子一类的话题，却是嘴半张着半闭着提的。那使当时的我们也十分不好意思追问。好在最后生理卫生课也没被正式列为高考课程，因为人们在高考时追求的是升学，而并非是男女之间如何生孩子、人类是怎么变来的一类的琐事，那要在结婚时再议。

总之，说来说去，说的是一个意思，就是我在看那幅有关避孕套的政府宣传广告之前一直对精子和卵子一类的事十分无知，而且并未因所受的几十年教育对之形成视觉上的印象。我的关于人类的出处的想法，一直停留在我们都是革命的摇篮中摇出来的（按照学校老师的说法），我们是上帝用《圣经》宣读出来的（按照西方人的说法），或我们是从石头里蹦出来的（按照《西游记》中的说法），或我们是由泥捏的一类的说法的水平。

前几年美国出了一本畅销书，叫作 *Men are from Mars,*

88

Women are from Venus，翻译过来叫作《男人来自火星，女人来自金星》。Venus又叫"维纳斯"。按照罗马神话的说法，维纳斯是象征爱和美的女神。

我们究竟是从何处来的，是从书中？从石头缝中？从摇篮中？还是从火星、金星中？我认为那种男的是从火星中、女的是从金星中分头来的说法并不可靠，因为那要求火星和金星同时具备制造星际运载火箭的技术。那可不大容易，连人做起来都十分为难的事，火星和金星能做得出来吗？谁能跟地球比聪明！

话不知不觉就扯得没边了，扯到金星上去了，再赶紧回头说那只晶莹的蝌蚪吧。

（三）

原来精子是这般模样的。

原来它真像个小蝌蚪。

原来它还挺酷。

原来它还会游泳。

原来它还会那般使劲地游泳。

原来它是透明的，是水晶般明彻的。

原来它是那般的可爱和顽皮。

而那子宫竟也是如海洋般博大的，如海洋般容忍的，如海洋般容纳的。它是小蝌蚪们游戈的目的地,它是小蝌蚪们奋进的方向,它是小蝌蚪们冲锋的高地。

而我们,男的和女的,就在那里被孕育了,小蝌蚪和卵子就在那里相遇了,相碰撞相拥抱了,相亲吻了,相结合了,相团聚了,相变异了,相发育了,相互拥抱着、亲吻着、团聚着、发育着,长大成人了。

成了人模狗样了。

成了万物之灵长了。

成了地球上的主人了。

(四)

我们都曾是蝌蚪,我们都曾渺小,我们都曾孤独地游荡、寻觅,在黑暗中,在海洋中,在生死存亡中,在前不着村后不着店的困惑中,在兴奋的状态中,在九死一生中,在与卵子相会的期待中,在子宫的浩瀚中,在能成人或成不了人的等待中,在被流产的恐惧中,在使劲钻出母体的挣扎中,在被脐带的喂哺中,在羊水的汩汩作响声中。

那是我们共同的前世。

那是我们无知的前世。

那是我们十个月没有记录的前世。

那是我们共同的前半生。

我们都曾是蝌蚪。

没错，您现在是伟大的科学家，没错，您现在是伟大的政治家，没错，您是伟大的企业家，您是伟大的富人，伟大的元帅，伟大的强盗，或是伟大的流氓。

但，您和我一样，不，您和我们一样，都曾是蝌蚪。

您甭客气，您客气不得，您要不曾是只蝌蚪的，您就不曾是人，那么，您现在也就不是人了。

我们都曾是精子。

我们都是亿万分之一的生命的幸运者。

你和我，还有他，还有她，男人们和女人们一样。

我们没从火星中来，也没从金星中来，而是从亿万只小蝌蚪群中爬出来的。

（五）

"蝌蚪：蛙、蟾蜍或鲵、蝾螈等两栖动物的幼体，黑色，椭圆形，像小鱼，有鳃和尾巴。生活在水中，用尾巴运动，逐渐发育生出四肢。蛙，蟾蜍的蝌蚪在发育中尾巴逐渐变短而消失。"

以上是《现代汉语词典》中关于蝌蚪的解说。

蝌蚪不只可变为青蛙，也可变为癞蛤蟆，就是所说的蟾蜍。

这是本文最精彩之处，也是最值得商榷之处。

既然男人和女人不一样，我们又都是蝌蚪变的，问题就出来了：我们不可能同时都是青蛙，也不可能同时都是蟾蜍。到底谁该是青蛙？谁该是癞蛤蟆？

我知道，如果我们带着这个问题去问贾宝玉，他肯定会说男人是癞蛤蟆，女人是青蛙，因为他认为男人都是臭豆腐，都是浊物，包括他自己。

我们去问女人，女人绝不可能承认自己是癞蛤蟆。天下的好人都是如青蛙般的益虫。有人生下来本是青蛙，却在活到一半的时候变成癞蛤蟆了，而有人本是蟾蜍，却修行成了青蛙。人活一世，谁也改变不了自己从精子变异而来的命运，要不就不是人。人活一世所追求的，应该是别当癞蛤蟆，别干恶心的事，别身上长毒疮，一辈子如青蛙一样水灵灵、干净净的，而且再顺便干点益事，而且当一回益虫。

如此而已。

这，并不难，男男女女的小蝌蚪们！

第三部分

半懂不懂评艺术

电影，记住你的生父！

（一）

如果人类不满意上帝赐与我们的外貌，也就是说人看人怎么看都觉得不顺眼时，便可尝试着按我所说的办法改进自己的形象。

1. 将全球公认最好看的鼻子，贴到全球公认最好看的、唯独缺少了最令人满意的鼻子的一张脸上。

2. 将全球公认最美妙的歌喉，就假如是帕瓦罗蒂的嗓子吧，安到上面刚刚完成的最满意的脸盘上去，使甲级嗓子和甲级鼻子，或甲级嘴、甲级耳朵、甲级眼睛相匹配，总之，使甲级嗓子与所有人看上去都顺眼的一张综合了最佳部件的脸，完美地组合起来。

再让我们创造出来的这个怪物动起来、跳起来、唱起来，让他唱《我的太阳》，让他跳《快乐的小天鹅》。

然后我们再开始做我们该做的事，我们边看边欢呼，我们边看边吆喝，我们边看边哭，我们边看边骂，边看边评头论足，说为何"他"不换上施瓦辛格的腰，说为何"他"穿的不是高跟鞋，说如果"他"能倒立着走就好了，说他该使用机关枪，而不是手枪，因为手枪已经打不死人了，说为何"他"不性感，说为何"他"还不是同性恋。

有人说"他"的下巴还可以商榷，因为巴基斯坦人的下巴比较和谐——与印度人的下巴相比。印度人听了马上愤起，想向巴基斯坦扔核弹……

还有一部分考古学家提出了更新的异议，说如果"他"的心脏与巴比伦王国的人的心脏配套的话，便可做到一步到位。

于是有的白种人起来反对了，说如果制造一种全球通用的男性偶像，则必须采用施瓦辛格的胸大肌、史泰隆的臀部、汤姆·克鲁斯的肾以及英国查尔斯王子的声音。

亚洲男人不同意，说如果采用查尔斯的低闷如屁的声音向女子表示"他"的爱情，则必定会吓跑半个地球的女性，迫使人类的女性与狗熊私奔。

众说纷纭，莫衷一是。

众口难调，不好统一。

（二）

这就是电影。

这个过程就是电影。

电影就是这么制作出来的。

我们就是这么看电影的。

电影就是这么虚设、这么虚拟、这么东拼西凑、这么众口难调、这么胡说八道、这么被人品头论足、这么众说纷纭、这么你一言我一语、这么半懂半不懂、这么似懂非懂、这么快、这么急、这么不择手段地制作出来的，一个怪物，一个"他"和一个"她"。

"他"代表男性明星。

"她"代表女性明星。

"他们""她们"代表你我，代表观众，代表看客，代表中西，代表南北，代表演电影和被演成电影了的，代表了与电影面对面、大眼瞪小眼相互观望的人们。

"他们"即我们。

"她们"即我们。

"他们""她们"是中国看电影的人，是法国看电影的人，是越南看电影的人，是美国看电影的人，是观众。

（三）

当中学老师说电影也是爱迪生发明的时侯，我并没有十分留意。那是二十多年前的事，那时只看《南征北战》。爱迪生发明不发明电影、爱迪生发明不发明《南征北战》，对于那时的本人来说也就那么回事，因为那时每部电影最少要看数十遍，而且十几年只看十几部电影。按照那样的速度计算的话，爱迪生并算不上什么伟大的发明家，至少算不上多产的发明家，你想啊，平均一年才发明一部电影，那算什么速度？

当时的我还小，尚搞不清何为发明家、何为电影的导演，所以就误以为《南征北战》是爱迪生导演的了。

还有《打击侵略者》，打的是美国人，也误以为是爱迪生导演的了。

但老师却明明说爱迪生是个美国佬。那时我想一个美国佬用电影去打击并杀死那么多的美国佬，那算是一种什么样的精神？用毛主席《纪念白求恩》中的话说，该算是一种"脱离了低级趣味"的"共产主义精神"了吧！

我误解并错怪了爱迪生。

（四）

这十几年可不得了了，电影爆炸了，信息爆炸了，明星爆炸了，"他"和"她"爆炸了，"他们"和"她们"爆炸了，我和我们，也就随着"他"和"她"爆炸了，升空了，升天了。

这个世界十分的精彩；

这个世界十分的风彩；

这个世界十分的光彩；

这个世界十分的多彩。

这个世界十分的无色；

这个世界十分的无奈；

这个世界十分的无聊；

这个世界十分的无知；

这个世界十分的无味；

这个世界十分的无趣。

都是给电影闹的，

都是给电影搞的，

都是给电影搅的，

都是给电影害的。

都是给他——爱迪生害的。

（五）

　　我是在不久的过去听一盘儿童科普磁带时——当然是陪后代一同听的——才又一次听到爱迪生就是电影发明人这个"重大消息"的。

　　我大吃一惊。

　　我大惊失色，

　　我大惊失魂。

　　原来爱迪生是巩俐的发明人。

　　原来爱迪生是张艺谋的创造者。

　　原来爱迪生是施瓦辛格的基因捐赠者。

　　原来史泰龙的"第一滴血"是从爱迪生的大腿上流下来的。原来他——爱迪生，竟是天上飞的，地上跑的，在银幕上干着杀人、接吻、推翻政府、阴谋复辟等许多勾当的那么多男女明星的天父。

　　没有爱迪生便没有电灯；

　　没有爱迪生便没有暗夜的光明；

　　没有爱迪生便没有电影放映机；

　　没有电影就没有电影导演，就没有电影演员，就没有电影明星。

　　他好厉害。

　　他好酷。

他是《打击侵略者》的总导演。

他是《菊豆》的总导演。

他是《魂断蓝桥》的总导演。

他是《飘》的总导演。

他是 20 个世纪电影艺术的总导演。

他是 20 个世纪的情感的总导演和操纵者，他是明星的生父，他是导演的教父，他是观众的神父。

如果说人类是上帝创造的话，如果假设上帝是存在的话，那么爱迪生便是电影的上帝，便是明星的造物者。自从他发明了电影放映机之后，人类便用另一种手段去表现艺术，他是 20 世纪以后所有与电影有关的一切艺术的生父，也是那些从银幕上升起的明星的生父。

没有放映机哪有电影？没有电影哪有电影明星？

黑泽明之所以是黑泽明，是因他生在 20 世纪。

张艺谋如生在 19 世纪，可能永远爬不上那口《老井》。

施瓦辛格的胸大肌再坚挺，如果没有电影帮他展示，也只能没事在屋里偷着扩胸。

他们都要感激那个美国佬爱迪生。

那个好莱坞的缔造者。

那个艺术时代的缔造者。

那个时代的捉弄者。

那个没好好上学的小伙子。

那个影城、影后、影帝的父亲——爱迪生。

记住他吧，我的明星们，

恨他吧，我的观众们，

如果他的发明使你忘乎所以、使你家庭分裂、使你神魂颠倒、使你五体投地、使你永不瞑目的话。

记住他，Hollywood，

记住他，北影、上影、西影，

记住他吧，奥斯卡、金狮、金鸡和银熊，在你们的金做的、银做的、铜做的、纸做的奖杯上。

他，你们的"父亲"——爱迪生。

电的影子——电影

（一）

在日文中，电影被称为"映画"，而更早一点，则被称为"活动映画"。在你与一个日本人聊天时，如果他不将电影叫"映画"，而称之为"活动映画"的话，则那人一定是一位年纪颇大的日本老人，那人的青春之野花一定怒放于二战前后的日本。也就是说，如果你在 20 世纪 90 年代听某日本人仍在使用"活动映画"一词的话，那人现在肯定已经与世长辞了。

日文的"活动映画"一词可能是英文"电影"的叫法"Movie"的直译。不知为何，爱迪生发明电影后，这种新的东西被冠以"Movie"的名字，可能是因电影是由一排排移动 (Moving) 的胶片连接而成的吧。

中文将这种移动而成的流动的画面译成了"电影"，将"电"的字眼加了上去，使人望之如触电，思之如见影，也就成了电影了。

电影是"电的影子"。

（二）

电影的妙处在于一个"电"字。没电就没有电影，没有爱迪生发明的放映机便没有电影，只有人影。爱迪生的发明使人的影子活生生地留在人间，留给了后世，留给了更新的生命。

人的影子一旦被拍摄了，那一段生命，那一片生命，那一卷子生命便已经消失，便已经风干，便已经固化，便已经死去了，便已经不可再返还了。

电影留下的是人影。

电影留下的是截面的光阴。

电影留下的是往日的风貌。

电影留下的是片刻的遗迹。

电影与照片的区别，在于电影让那一张张照片连起来、动起来、活起来，但无论如何动、如何活、如何连，一旦爱迪生将放映机停了，便只会留下一卷卷、一条条、一张张、一片片没有生命的平躺着或卷缩为一团的、死寂的胶片。

那便是平静的照片了。

它们是不会动的，它们已不能再"活动着映画"了，它们已经是不动的影子了。

它们不再是电影。

它们十分寂寞。

（三）

电影是人类发明的一桩最自欺欺人的艺术。

因为电影是拼凑而成的，因为演员们演的是假人假物。虽然戏剧舞台上的人物说的也不尽是真话，但好歹他们还是在观众面前真实地说、用真实的声音说的，即使是用假嗓子，但好歹是真人的假嗓子。

而电影呢？

电影中的情节是假的、人物是假的、声音是假的（后配上去的，有的还不是原人配的，如译制片）、感情更是假的。即便有的演员在导演的煽动下一时使出了真情，淌出了真泪，但那时的情感越真就越显得虚伪，那时的泪流动得越通畅就越情不由衷。

因为那是被煽动的泪。

因为那是在逢场作戏。

我在此非常郑重地奉劝天下的男同胞们不要娶女演员为妻，而且即使她们舍命相许也要拒之千里之外，因为令纯情男子最恐怖之事，莫过于分不清怀中的妻子流的是真泪还是假泪，是带盐味的泪水还是带苦味的眼药水，是为你哭还是为剧本上的人哭，是因你而哭还是为第三者、第四者或第十者哭。

那可惨了。

听说有的女电影员为了催泪还要往眼睛上滴一种特殊的假眼泪。

听说近几年市面上这种假眼泪十分畅销。

那就更值得提高警惕了。

我也想买一瓶。

备用着。

（四）

爱迪生给上个世纪、这个世纪，以及从今以后的那么多世纪的人类做出的奉献，在于他用电将人类的影子活生生地串连了起来，使人类可借用众多导演之手、之天才、之勤奋，将人的感情大卸八块、大捉大弄、大渲大染，并用电的魔力将我们那本已十分脆弱的情感像组合家具似的东拼西凑、东拉西扯地重新组合到了一起，并称之为"电影"，称之为"活动映画"，称之为"Movie"，称那些在大庭广众之下、在光天化日下、在众目睽睽之下无所顾忌地表现假心情、假感情、玩假深沉、搞假动作的男男女女们为 Star，为明星。

并将他们捧起，

并将他们供起，

并将他们高举过头顶、高悬于天空，然后集体跪倒，然后山呼万岁，然后顿足捶胸，然后跟着哭、跟着乐，跟着他们的榜样在现实中重复那些假游戏、那些假泪、那些假情感、那些假生活。

电影是一种再创世纪的工具，

电影是一种再造神圣的媒体。

电影所成就的，是人类理想现实的美梦，而电影的发明者，则是取代了老上帝的新一轮上帝，这个新上帝创造了众多的神像，生出了众多的导演，导出了众多的明星。

人类跪倒在那许多尊金像面前，人类倾倒在那许多导演、明星的脚下，因为人类需要偶像，因为人类需要理想，因为人类需要神圣，因为人类需要超人，因为人类需要那个新上帝。

那个新上帝就是爱迪生。

那个新上帝就是新世纪的造物主。

那个新上帝取代了上一个老上帝。

那个新上帝创造了新的亚当和夏娃，那个新上帝使老上帝失去了权威、失去了神彩、失去了生命，因为爱迪生创造出的一代代新的神灵不再是犹大、不再是约瑟夫、不再是彼得、不再是那些听起来没有性感的圣书上的人物，而是史泰龙，而是汤姆·克鲁斯，而是索菲亚·罗兰，而是巩俐，而是那许多的猛男艳妇，而是代表着人类两性最完美化身的、有着七情六欲的、食着人间烟火、玩弄着男女情感的大明星们。

老上帝当然失色，

老上帝当然退让，

老上帝的弟子们当然会被遗忘于脑后。

《圣经》的时代当然会终结，明星的时代当然会到来。

电影明星们是带电的影子中跑出来的一颗颗闪亮着的、虚幻的、人造的星星。

他们都是人造的卫星。

我在好莱坞演过一次电影

（一）

信不信由你。

我说电影是虚拟的艺术，因为我有资格那么说，因为我当过电影演员，而且唯一的一次演出既不是在儿影，也不是在西影、北影，更不是在马戏团，而是在好莱坞，在 Hollywood 出品的电影之中。

信不信由你。

（二）

那是一个寒冷的冬天，在加拿大蒙市（蒙特利尔），与一群走投无路的中国学生。

我们没工作，我们没钱，但我们需要钱，但我们需要工作，于是大家便应征去演电影。

我们去演一部好莱坞制作的名叫 *Hilander* 第三部的片子。那部片子的头两部据导演说在北美十分有名，由于没看到过片头，不知是何内容，但片尾却看到了，只见一位勇士用一把一尺多宽的锋利的宝剑将他敌人的头颅砍下，之后那头腔中冒出带着金色光辉的鲜血，但即使其中一个没了头，二人还接着拼死搏斗。

紧接着又一束直径一米的光柱直射天空……

那是一部好莱坞式的武打片。

被请去演出的本人，说实在的，并没有在自己负责演出的那几天中看到该片最后的那个情节，因为我们从始至终未能见到该片的主演，也就是手持利剑的那个人。

我们没资格见他，因为他是主演，而我们是 Extra。

（三）

在英文中"Extra"是多余的意思，相当于中文所说的"群众演员"。

我是被一个十分有经验演 Extra 角色并以之为半职业的上海籍青年带着前去面试的。面试前我心情好一阵激动，默背了数百遍自己姓什么叫什么，怕万一失口将明星的地位转让给他人。如果人家问我叫什么，我说错了，将自己的名字说成葛优了，即使自己的演技超群，如陈冲那样在好莱坞一炮打响，到头来人们印象中的那个成功的亚裔影星不是我，而成了葛优。所以记住自己姓什么叫什么十分重要——在试镜前，免得替他人做了嫁衣。

（四）

当我通报了姓名之后，那个负责挑演员的女子并未将之写到名簿上去，好像她连我们这类演员的名簿都没准备，她只是告诉我，我的角色叫Extra——"多余"，而且是第250号，也就是说我是第250个该片中"多余"的角色。至于演什么样的情节，做什么样的动作，她并未具体交代，却问我理解不理解英文的指挥信号，听得懂听不懂导演发布的命令。她使我对导演的印象一下从艺术工作者转变成了一个连或一个团的长官，并使当电影演员的激动转变成了入伍前的亢奋。

然后她给了我们每人一套道具，也就是行头，就是要穿的戏服。那是一身日本消防队员的制服，有头盔、蓝色的衣服和裤子。我死活不穿，说怎么让我演起日本鬼子来了，这是丧失国格的背叛性行为。我的朋友上来劝说，说中日已经友好这么多年了，而且我演的是20世纪90年代的现代日本青年，又不是20世纪40年代的日本太君。他还说人家之所以请我来扮演日本人，是因为在本市找不齐二百多个日本人来演他们自己。他又开导说，如果人人都有我这种想法，那如何拍抗日的电影，如何拍与德国法西斯作战的电影。如果在电影中人人想当美军而不当德军，那不就成了美国自己打自己，成了内战了吗？那还叫艺术吗？那如何向观众交代？

我听后又琢磨了半天，想在民族大义和成名成家之间尽快找一个平衡点。他们二人见我还犹豫不决，就都急了，问："你到底想去不想去？后面还有那么多人排队呢！"

"一小时给多少钱？"我问。

（五）

头两天什么戏都没拍，只是大吃大喝，然后在一天快要结束的时候集体排队领钱。那个数字十分可观，大概相当于每天800元人民币的样子。本人那时正在失业，所以有人提供白吃白喝外加那样的高薪，着实令我感动。我误以为共产主义提前到来了，误以为"英特纳雄奈尔"已经实现。我还在那两天中萌发了许多不现实的构想，比如自己是否也适合于演德军或是候赛因的阿拉伯部队什么的，那样便可长期地做一份这样稳定的 Extra 工作了。我甚至担心万一关于二战的片子全拍完了，人类再也不打什么仗了，自己便又会中途失业。

Extra 的休息室里十分热闹，有几百个身穿各式日本制服的亚洲人，有的看上去像医生，有的看上去像屠夫，还有的像教授。其中数本人所穿的这类戏装最气派，虽然是演救火的，但冷不丁一看颇像日本宪兵，所以所有的人与本人打照面时，都本能地绕道而行。

这也挺牛逼的。

那种感觉特好。

我第一次认识到制服的威慑力量。

（六）

等到第三天还没轮到我们这帮救火队员上场。一会儿扮演医生的被提走了，一会扮演屠夫和政客的被提走了，就是没人来宣布我们的番号。记住，本人在该片中的名字是Extra250。那使我感到几分的心烦，也体会到了好刀派不上用场的心急。我又开始吸烟了。我想人总是有一种在等得不耐烦时所难于控制的情绪，那可能是动物的本能。我甚至想如果我不是在等待上场演好莱坞的片子，不是急着上场向全球的观众露面，而是等待着被砍头、被枪毙或是被人推出去杀了吃肉喝汤，自己也没耐心再那样无限期地等下去了，因为别人已一一被人推出去枪毙、砍头或杀了吃了，却还没轮到自己，这说明了什么？难道说本人的头就那么没人愿意砍？本人的肉就那么不好吃吗？

岂有此理，这简直是胡闹！

113

（七）

与我同去的上海籍朋友却不如我那般急躁，因为他上周刚在另一部电影中演过别的 Extra。好像是一家电影制片厂让他去扮演伊朗群众的，由于伊朗也在亚洲，所以导演认定他长得也像伊朗人。我们刚一去，一个真的日本人就与他打得火热，原来他们相互认识。那个日本人在本片中演的是一个流浪汉，这与他的相貌极其相配。他与我的上海朋友一样，也以当 Extra 演员为职业。他们一见面就用半通的英语胡侃起来，说的是他们上周如何在那部伊朗片子中遭遇。那时上海人演的是手持重型机枪抢劫一家阿拉伯餐馆的黑帮，日本人演的是正在馆子中吃饭的群众。本来导演安排的情节是上海人的机枪一响，那个日本人就立即中弹倒下并撕开胸部一个能喷出假血的红色胶囊，但由于那个日本人的胆子太小，在演黑帮的上海人还没开枪的时候他便提前捅破了喷血的胶囊而且一头钻到了桌子底下。这使导演的意图被全部打乱，不得不现场修正剧本，让上海青年持刀而不是持重型机枪冲入餐馆，那样做既可节省许多子弹，也可不用重新制作日本人用的道具——导演让上海青年从背部将他穿刺，然后再让他转过身来，展示他前胸的血，因为他的胸部已因大出血而大红大紫了。

但听说后来那个日本人还是配合得不好，不是钻在桌下不出来就是冲上来抢刀，所以他们二人最后都被那部戏的导演给开除了。

（八）

随着一声"Extra250 上场！"的呼叫声，我终于上场了。我踏着李玉和英勇就义的四方步一步一观望地步进了临时被征用的拍摄现场。

原以为一进场就会被从四处发出的闪光灯将眼糊住，为了保护视力，我双目将紧闭，却被一声"Hurry Up!"（快点）的催促声将眼皮翻开。

我这才意识到我并不是该戏的主演，而是第二百五十个Extra——多余的配角。

好莱坞的阵式的确不小，整个拍演大厅如一个体育馆那么大，厅中人影四处游动，从道具和阵式分析，可能是在拍一个 *Hilander* 中的英雄在日本大闹天宫一类的情节，因此调用了几十部警车、救火车，还有考古人员、建筑工人什么的。我原想问问将我们带去做群众演员的那位法裔加拿大女孩为何将警车停到了考古现场，为何救火车与急救车用同一种标志灯之类的问题，但由于她的目光一直没有机会向我这个方向观望，也就没机会问了。

开演后，大灯和摄像机都被集中在大厅的正中央，因为那里"发现"了一起杀人事件，有一男一女在一具尸体附近徘徊，他们可能正在进行着侦破工作。

我的那位上海朋友是 250 个 Extra 演员中最最幸运的，由于他是资深的"多余"演员，就被从人群中选拔出扮演那具尸体。演那个角色的确需要一定的功底，因为它并不是具整尸，好像还没头，而且不许乱说乱动。

我的那位前两天刚混熟的日本友人也比较幸运，被选去做维护现场的警卫。他也必须像电线杆子一样一动不动地站立，也不许乱动。懂行的朋友都说他是最幸运的 Extra 演员，因为他就站在尸体旁边，而且站得最接近角色，因此他肯定能上镜头——Hollywood 巨片的镜头！

我听后十分诧异！难道我就没上镜头的机会了吗？那我来当演员干嘛！我十分嫉恨那个被浑身浇满了红色液体并被模拟捅了数刀的、不知头被藏于何处的上海朋友。虽然他的头部不能被收进影片，但地上躺的分分明明是他的躯体！能上好莱坞镜头的躯体！这小子平日无所作为，此刻却风光无限，我恨老天无眼！

（九）

戏正式开始后，场上十分紧张，人们都进入了战斗状态。警车在鸣，人影在晃动，一男一女两个角色（他们可能

116

都是配角）在广场中央前后走动，企图侦破那具尸体的来历。他们边走边嘴中振振有词，仿佛一边讨论案情还一边讨论着二人之间的感情。再后来他们也许忘记了案情，索性在我那两个分别扮演尸体和直立警察的朋友的旁边亲吻起来，女的还边亲边激动，差点一脚踩上我那可怜的、在镜头上已经看不出存在的朋友的头。他好可怜哟。我远望着他，真是爱莫能助。

我们其他248名Extra演员扮演的是那些在大厅中四处晃动的人影。我们被分为若干个小组，在一个既像导演又像工头的大胡子的高音喇叭的指挥下一会儿冲向东，一会奔向西，一会儿从后楼爬上楼梯，在相当于二层楼的高处装成观望有人被杀的现场的好奇群众，一会儿又被派到考古现场的工地上，一个个踏着军步来回走动着维持秩序。

好莱坞的电影摄制还是有自己的一套的，那就是在我喘着粗气冲到二层楼，并按照"工头"（副导演）的意图向出事现场指手划脚地表演的时候，摄像机却一直对准那具横在大厅地中央的"死尸"，死活不朝我们演出的方向移动。有一次终于看到镜头朝我们这个方向摄来了，我却被人挤到了人墙后面。当我为了上镜头使劲儿往上一蹿的时刻，导演就立马喊"Stop！"（停）了。

我在维持现场秩序时也惹得整个拍摄大厅Stop了两次，原因是我本应面冲前来看死人的群众维持秩序——就跟足球赛场上的安保似的，而我却与群众站到了一个方向，将正面留给了摄像机，所以结局是当几十个警察、消防人员的屁股冲着镜头的时候，就见我一个人的脸冲着它，导演只得大喊"Stop"了。

Extra 的我反成了几百人中的焦点。

我超过了已经"死"在地上了的上海朋友，

和那位冰棍似直立着的日本友人。

（十）

刚才所说的只是拍摄的第一天和第一场戏的兴奋，往后就不同了。

当拍到第三天时，我才发觉拍电影是那样一桩苦活、累活和不是人干的活。原来为了一个镜头，竟要拍上八次、十次，甚至十几次。导演哪是在导演电影，而是在建筑工地指挥盖楼。我们反反复复地重复，一遍一遍地重拍。随着他一遍遍"Action"（开演）和"Stop"（停）的口令，以及他副手手中的那个黑色夹板的一次次开合，我们这群"影子"要在那样一个巨大的大厅中一次次地爬上爬下，一次次地走来走去，一次次摔倒了爬起，弟兄们连撒尿的时间都没有！

这倒是其次，可恨的是那台摄影机绝大部分时间根本扫不上我们这些多余的群众演员。到最后我知道连背影都不会给我们留了，就索性不去做那些简单的形体动作，或干脆在地上坐着不动，结果招来了导演一声愤怒的"Stop！"——他这时的眼睛倒贼尖。

<h2 style="text-align:center">（十一）</h2>

当演到第三天后，已经筋疲力尽的我才意识到自己十分幸运，没有被分配去演那具尸首、那个警察甚至那两个主要角色。

当尸首也太没自由了，两三天必须一动不动，身上还淌着血水，外加几条吓人的刀口。他在人的脚下横卧，头要显得没有——因为是无头尸。

我们在远处演"影子"的人只要是累了，便可伸腿踢脚，便可伸伸懒腰，或想想未来什么的。可演尸首的要做到真死的地步，要达到死亡的意境，这就难为了我那位以前总是扮演枪手的上海朋友。

有一次他实在坚持不住了，在地上滚动了一下，竟吓倒了许多演围观群众的妇女，因为她们原以为他就是死人。

有一次他明明纹丝没动，导演却数次喊停，因为从镜头上看他的胸部尚在时起时伏。

我向大胡子副导演建议换上一具真正的死尸，大胡子却说那看上去就显得假了。

我不懂他的意思。

我那可怜的总扮演被人击毙者的无辜日本友人也着实令我同情，因为他也被要求一直纹丝不动地站着——在躺着的上海朋友面前。

跟拔军姿似的。

他那本驼的背被要求站成日本兵状，那使他极其为难，因为他的父亲可能就是因为站不直、当不成兵才在二战时移民加拿大的，他本该扮被军人屠杀的角色，而不是军人。

这也为难了他。

我甚至同情那一男一女两个角色，他们虽不是真正的主角——主角正在另一场戏中在异地杀人（剧情的要求）——却被编剧和导演要求在大厅中亲嘴。

他们总共亲了数百次。

在我上海朋友的尸首和我日本友人的军姿旁，在我和几百个人直视的目光之下。

我在远处注意到：他们每亲一次嘴，那具"尸体"便抽触一下，他们每暧昧一次，那个"警察"就抖动一下，于是导演便只得叫停，便只得重拍，我们便只得再爬楼、再维持秩序。最后有一个 Extra 被折腾得真受不了，想一个猛子冲上去杀死那具"尸首"，并顶替那在亲吻中不停摇晃的警察。我一把拦住了他，说他们也都是活人，而且是我的朋友，并解释说在别人亲嘴的时候他们的抖动是正常的，"尸首"
也是男人，何况警察呢。

（十二）

我是演出即将结束的头一天上午才被通知去扮演一个特
殊角色的。导演说他临时改变了意图，想让一个 Extra 与两
个男女角色一同冲下一个地下仓库，目的是探知地下是否还
有多余的尸首。

他竟选中了我。

他竟选中了——我。

他，竟选中了我。

导演之所以选中了我，是因为其他两个穿消防服的人已
提前回家，他们受不了当 Extra 的辛苦，他们不如我的意志
坚强。

我——开始绝不服从。因为我清清楚楚地知道，可能那
个跟着跑下去的 Extra 会按照导演更新的意图在仓库中被谋
杀，然后转而扮演第二具尸首，而且即使他不被谋杀，也只
能在镜头上留下个背影，而不是正面镜头。因为摄影机是从
背后照的，它只拍三人一齐冲下的后背镜头。

同去的中国学生见我那么执意不从，就分头上来劝我甭
只往坏处想，要多想点好的，说虽然你现在占着只有一人穿

消防服的优势，但这是好莱坞，是拍大片的，你是 Extra，是群众。你虽然通过这次出演只会露个背影什么的，但你知道这是在哪儿露的背影吗？是给全世界人看的背影。多少个国家和民族都将看到你的背影啊！你知道你今天的演出意味着什么吗？意味着中国人，不，亚洲人占领好莱坞了！你知道全亚洲、全中国有几个人能享受这份殊荣吗？多少代人的努力啊！多少代电影人的梦啊！中国男演员奋斗了几十年都没能在好莱坞的影片中留下个背影，而你们——他们指躺在地上扮"尸首"的上海朋友——竟然只付出这么一点点（一点点指他在地上只躺了三天），就一步到位地实现在好莱坞留影的梦了。你们多幸运啊！你们知道中国女人要想在好莱坞的镜头上留个背影需付出什么吗？青春！你懂吗？青春！要脱光才行，即使脱了，也才给咱的女人留个背影！而你，今天却根本不用脱，还穿着异国的制服，这可真不易！你知道人家张艺谋是怎么打入国际影坛的吗？也是靠脱。是在东京放映的《老井》的黑井里脱，是冒着塌方的危险脱的。他要先脱，然后才能光着膀子拥抱电影世界。

无论他们如何苦口婆心相劝，我只是死活不同意只留下个背影，说正因为这是个千载难逢的机会，我才好歹要给自己和中国男人留个正面镜头。

大厅中的空气凝住了。

导演不知所措了。

地上的"尸首"坐起来了。

直立着的警察坐下去了。

我成了大厅中几百号人瞩目的焦点，成了 *Hilander* 巨片中的焦点，即使那只是小小的一个片刻。

（十三）

那年的冬天很冷，那个夜晚更冷，气温降到了零下 30 多度。我和那个上海朋友在寒气中一前一后地行走在高速公路上。我们正走在回家的路上。我们挣完了几天的钱，我们拍完了 *Hilander* 第三部。一辆 school bus——黄色的校车将我们拉回了我们居住的小镇，然后将我们抛在了高速公路上。那时已是次日凌晨。我们需徒步行进两个小时，我们需在刺骨的寒风中、在被冻得已经发青了的冰雪的世界中吞吐着寒气，一步一步地回家。"尸首"的脚步在雪地上咯吱咯吱地响，我的心也随之怦怦咚咚地跳，虽然跳得极慢，虽然由于天寒我们的四肢已僵，但我们只能一步步咯咯吱吱地向有人烟的那个方向、向有房屋的那个方向走。因为一旦我们停止了脚下的步子，便会被冻死于这最接近北极的小城的郊外。因为我们一旦再也迈不出下一步了，便会成为两具真正的尸首。

他与我。

一个演尸首的、一个演背影的好莱坞新星。

（十四）

亲爱的读者们，我不得不在此诚实地承认，我在这个小说中言不由衷地唱了一些高调，不由自由地说了一段谎话，情不自愿地编造了一小段情节，不过，那都是为了你们，我亲爱的读者，为了满足你们的好奇心，为了陪着你们唱唱高调，为了树起一个中国男人在好莱坞中的形象。

我在此承认之前那个情节，也就是导演请我跟着男女两个角色冲下仓库却被我在众目之下断然拒绝，以及被同去的中国同胞开导了一番的那个段子全是在写作中无意编造出来的，目的是想在纸面上过过当好莱坞明星的瘾，是为了让好莱坞的镜头朝咱中国男人这边借借光，是为了亚洲人不脱衣服就走向世界，当然也是为了让你们在未弄清事实真像的情况下盲目地崇拜崇拜本人。因为本人知道，这年月人们特想崇拜别人。

其实如果您是个聪明的人，就本不该那么轻易地上本人的当。您想啊，本人被邀去做 Extra——这可是真的——是个最低层的群众演员，我岂敢在那么大的场面下与导演提什么非分的条件。在拍摄现场导演尤如千军中的主帅，有生杀大权，他根本没有可能听本人的理论。何况影片拍到了那个份上，我们已被"囚禁"在外几天几夜，已没了当什么明星、争什么角色的欲望了，我那时（也就是被要求往仓库里冲锋的时刻）一心只想着两个字——回家。我不想再拍电影了，我已经厌倦了那翻来覆去、反复无常、拼拼凑凑、假模假式、裁裁剪剪的"艺术"了，我只想回家，我只想回家演演真戏，我不想再假戏假做，我想做个真人，我不想再当 Extra，不想当多余的人、当影子、当活动的道具、当会动的布景，那实在是太没劲了。

（十五）

我们继续一前一后、深一脚浅一脚地行进在靠近北极的寒夜下的高速路上。如果那时有一辆汽车从那条路上驶过，我们肯定会被双双辗成真正的尸首，因为我们已经全身发硬，因为我们已无力躲闪从任何方向突然出现的物体，因为我们已经心力憔悴。

我的脑子仍然在思维着、回忆着，我又记起我随着那一对男女角色冲下仓库的情节，但不是我一个人。

当时被导演要求跟着冲下仓库的共有三个人，都是穿消防制服的，穿的都是蓝色的衣裤，头上戴的都是白盔。

我记得我是第一个贴着那一男一女冲下仓库的。我刚一下去，就觉得眼前一阵发黑，因为那下面没有电灯。当我们第二次重复那个动作时，还没冲到楼下，就被导演的一声厉喝"Stop"叫了回去。因为导演发现在奔跑中我曾回头冲着摄像机大笑。当我们第三次冲下楼时，我的心情十分不好，因为我发现其中一个 Extra 在冲下楼梯之前，导演让他的助理——一个漂亮的女孩，用毛巾轻轻地将那小伙子脸上的虚汗拭去了，那是要将镜头对准他的征兆。

于是我就在心中放弃了将目光直视镜头的企图，我只是一遍遍重复着向黑洞里俯冲的任务，又一遍遍上来，到最后，我想的只剩下快快回家了。

现在，我终于踏上了回家的行程，在零下 30 度的寒夜。我们终于看到了那片在冰雪的覆盖下冒着几缕热气的房子。

啊，我们到家了，虽然这既不是上海，也不是北京，但它却是我们的家。

（十六）

半个月后我便找到了一份薪水颇丰的工作。我是在几百人中脱颖而出被录取的，因为在我的履历表的第一行赫然写着一行大字"我曾在好莱坞巨片 *Hilander* 中扮演过重要角色"。

（十七）

又过了一年，我开始频频回北京——我真正的家了。在一次从北京回到蒙市后，我的几位好友包括那个上海籍"尸首"，一见我就大笑不止，同时上下打量着我，说我真的有出息了，因为 *Hilander* 第三部已经在北美正式公映，我已成了真的电影明星了。他们还补充说他们是从一家录像带店中租回了一盘带子，并反复看了数十遍才在片中发现我的。他们在用慢速反复播放了那段一男一女后面跟着几个人跑下仓库的镜头时，发现有两条腿与我的腿型极像，但由于上面没有人头，而且几个人都穿着同样蓝色的制服裤子，就极难最终判断那两条腿究竟是我的，还是那两个人的。

有一个朋友笑着劝我不要过于悲观，说历史终究会自己证明自己的，如果那两条腿的的确确就是你的，别人想夺也夺不走，今后科学再发达了，给片子做做 DNA 分析就会将事实彻底澄清。

我很快就听出了那句话中的嘲讽意味，反唇相讥道："你知道我的腿是在何处被记录的吗？是在好莱坞的巨片中，即使它的出处尚存争议，但争议的焦点好歹是在 Hollywood 的巨片之中。中国的男人在好莱坞能插上一足的有几个？何况是插上双足！"

"哈哈！"我们相视大笑。

（十八）

又过了半年，这天我正在蒙市的家中看电视，偶然看到了一部十分好看的武打片的片尾，看到了本故事开始时所说的一个英雄用一尺宽的剑砍敌人人头的那个情节，随后片尾就出来了，打出了 *Hilander* 第三部的字幕。我这才搞清，原来这才是那部片子的主要情节，那个英雄才是该片的主演。至于我参加演出的那一段，开电视前就已放过去了，我已无缘再去考察其中那双腿到底是谁的了。虽然我也可去录像带店租一盘来用慢速或超慢速核实，但那已经毫无意义，反正正如那个朋友所说，历史是公正的，谁是谁非，该是谁的不该是谁的，自有后人评说。

但是，信不信由你。

文 韵 与 音 韵

（一）

但凡好的文字都会有点音乐的韵味。

这与中国的文字有关。有四声的中文读起来如天然的四个季节，如有春夏秋冬，如有雨前雨后，如有雷大雷小，如有音乐。

似乎好的英文文章也有字音的韵味，日文亦如此，法文稍差一些，因为法文本是平调的。平调的文字极难成诗，因为文章可无韵，但诗必须有韵。如果我没记错的话，用法语写出好诗的大诗人不如用英文写出好诗的诗人多。又比如，用平调的上海话也极难成诗。

按理说汉诗平仄的标准语音是应跟着汉语的主流发音而变化的，在汉朝它可能依长安城的陕西话而定，在南宋可能又变成了杭州一带的方言，外加北宋带去的河南话。那时的诗韵绝不可能受影响于上海方言，因为那时还没有上海，但本人可以断定，即便平调的上海方言那时已经存在，也难用汉语的平仄标记（识）、或表记、标音（平调无四声），难被用于演绎汉文的诗意，难被用于展示汉字的韵味，只因它是平调的。

平调难于起伏。

平调难于大起大落。

平调难于惊心动魄。

平调难于大喜大悲。

平调难成大文章，虽然有时可成大气候。

（二）

不懂语言韵味的作家是很累的，因为他们只能苦苦地写，因为他们不会请出音乐为他们的文字伴奏。

中文背后的四声如合唱中的几个声部：三四声如低音部，二声如中音部，一声为高音部。会调动中文文字的人，应熟知每个字音的乐感，通晓它们的韵味，然后将它们用笔连接起来，将它们一一排列于纸上，将它们连接、排列成文章。

这如同作曲。

这就是作曲。

这既是作曲又高于作曲，因为曲子只有旋律而没文字、没内容，而文字——中文的文字，排好了既有文章又有旋律。用中文作文章的文人都应是谱曲者，都应是乐师，都应是兼文人和作曲家于一身的艺术大师。

中国的诗人已是音乐家。

中国的词人就更是音乐家。

能用汉字写诗就等于能用简谱做曲的乐师，如能用汉字填词，尤其是能填一首好词，那简直就可与巴赫、贝多芬为伍了。《声声慢》如小夜曲，《念奴娇》如奏鸣曲，《满江红》呢，就是命运交响曲。

听，"大江东去！"

听，"凭栏处，潇潇雨歇！"

听，"壮怀激烈！"

因为汉字有韵。

因为汉字有四声。

因为汉字的四声连接起来，自然会成就作曲之功。

因为会用汉字写作的诗人都自然是声乐大师。

因为汉字的下面流动的是潜行的音符。

因为汉语是，流动的音乐。

在扶桑采蝶

（一）

　　普契尼的歌剧《蝴蝶夫人》讲的是在日本发生的故事，是美国军人抛弃日本妻儿的故事，是一个有悲欢有离合又在离合中悲欢的故事。其中包括了：

　　一个意大利作曲家，

　　一个美国丈夫，

　　一个日本妇人，

　　外加一个中国观众，那就是我。

（二）

　　不知听过多少遍《蝴蝶夫人》的全曲或片段，不知为普契尼的凄美音符和女歌唱家长调的咏叹感叹过多少次，但是不论在哪里看《蝴蝶夫人》，都不如在东京看的那次印象深刻，不论听多少遍《蝴蝶夫人》那如泣如诉的长歌，都不如在长崎参观蝴蝶夫人故居时更能触摸到那个东方女子的隐隐长痛。

（三）

长崎港湾处有一间房子。现在已记不清它是否就是蝴蝶夫人住过的那间房子了，但它正是《蝴蝶夫人》故事发生的地方。记得那还是在十几年前，记得那个房子并不算小，记得那下面的海水很蓝。

那就是蝴蝶曾栖居的地方，那就是蝴蝶曾经飞起，跟着她远方泊来的情人和丈夫，又曾经望海兴叹、望海遥盼、望眼欲穿地期盼她的丈夫归来的地方。

那也是她的丈夫终于归来，并带着新娶的美国娇妻与蝴蝶再次相会的地方。

那里的海很蓝，蓝得如她所生的美国人的后代的眼睛，那里的夜空很清澈，清澈得如蝴蝶盼夫回归的心。

她为何叫蝴蝶，那是个日本式的名字吗？忘了。她后来死了吗？也忘了，因为已有十几年没现场看那部戏了，因为普契尼的词是用意大利文写的，因为听来听去，听得最多的只是那段仲夏夜里蝴蝶那发自心底的长歌，因为那段曲子是《蝴蝶夫人》全剧的基调，因为那个旋律是那个东方女子命运的基调。

那调子悠长。

那调子凄婉。

那调子听时令人心恸。

那调子听后令人反思。

那并不仅是一个弱女子蝴蝶之归宿。

那是许许多多东方女子与西方男子婚恋的结局。

（四）

东方在与西方的婚姻交流上总是出超。东方女子嫁给西方人的，总是远大于东方男子娶西方女子的数字。

这似乎并不平衡。

这似乎并不平等。

许多的东方蝴蝶们，中国的、日本的、越南的，向西方越洋飞去了，许多的西方男子来东方采蝶，来东方采蜜。一部采蜜史、一部采蝶史仿佛就是一部东西婚姻交流的近几百年的历史。日本有日本的蝴蝶，中国也有中国的蝴蝶。她们一一飞去了，她们化成了玉蝶，她们化成了东方女性的标本，她们在海滩上长叹，长盼，长相思，长歌，并在长歌中长眠。

她们唱的便是 *Madam Butterfly*，便是《蝴蝶夫人》，便是长夜下大调的抽泣。

难道东方没男人了吗？

难道东方的好男儿都死光了吗？

难道东方就再也没有男子汉大丈夫了吗？

可能。因为几百年来东方的男人总是在步西人的后尘，因为东方被西方强食了几个世纪，因为东方男子的风采被遮住了，因为东方的雄风失去了，因为东方的魅力曾经尽失，因为我们曾经不能为我们的蝴蝶——我们的女人们提供一个可安居的家，因为我们打不过西方的炮舰，因为那炮舰上的洋兵们如狼似虎，因为我们太懦弱。

于是，我们的蝴蝶就飞走了。

于是，我们的女人就跟别人跑了。

于是，我们的女人在跟别人跑后又被别人抛弃了。

于是，我们的彩蝶们便羽化风干了。

于是，她们在风干后便变成了美丽的标本。

于是，普契尼便用心为她们谱了曲。

于是，我便对着东方的彩蝶的标本而长悲了，在她的故乡长崎，在她的故居前，在她羽化的床前，在那个 1985 年星斗密布的仲夏的长夜。

轮椅上半睡半醒的大师
——病中李德伦印象之一

（一）

在此之前曾在协和医院的老楼里遇到了李大师，而那老楼像中国古代阁楼的病房，恰恰是本人和未婚妻（当时的）十几年前初次约会的地方。她是那个医院的儿科大夫，也就是说，我是带着十几年已经半陈半旧的几分残余的浪漫情调，见到了中国的国宝、音乐老人李德伦大师的。

他坐在一个半新半旧的轮椅上，无精打采地——被护士们推着——滑行，他将一个八旬老者的半睡半醒的侧身让给了我——一个十几年前曾听过他讲解交响乐的、一个曾在半睡半醒中坐在讲堂的座位上听他慷慨激昂地挥着指挥棒手舞足蹈讲天籁之音的不伦不类的弟子。

而如今，他半瘫半睡地坐在我的面前了。我回味着那时的他的手舞足蹈，我惊异地瞧着他此时此刻的一蹶不振。那时我在讲堂上半睡，而今他在我的身边半醒；那时我在他讲的贝多芬的《命运》声中无精打采，而今他在生老病死的巨

136

大难题下举足不前，难道这不就是《命运》吗？

难道，这不正是《悲怆》吗？

难道，这不就是音乐的沧浪吗？

难道，这不就是"李大叔"带给中国的一半在醒着一半在睡着的不伦不类、不疯不傻的听众和观众们的交响乐吗？

手中已无指挥棒的他——"李大叔"，还在指挥着吗？如果是的话，那么他正在指挥何人写、何人奏？何人听何种主题、何种音色、何种韵味的交响乐呢？

如果，他已经停止了指挥的话，那么他，此时此地、此情此景的他，坐在我曾经经历浪漫、曾经获得浪漫、曾经享受浪漫、曾经偷听浪漫的地方，坐在这个有百年历史的、中式的、曾经目睹过无数死亡的历史时刻和死去的肉体的亭子中，仍在思索着什么？仍在构思着什么？仍在幻想着什么？仍在酝酿着什么呢？

是想他再也拿不起的那根如针的棒子吗？是音乐吗？是未来吗？是未知的今后吗？是这块被那么多主题、那么多音调、那么多韵律高唱高歌高奏过了多少遍多少回的土地吗？

这块土地就那么真真切切需要他李德伦——这个中国西洋交响乐之父的那根如毛衣针的棒子吗？这块土地就那么渴求被它玩弄、戏弄、搬弄了半个多世纪的《命运》和《悲怆》的主旋律吗？

中国有那般有因果关系的如《命运》般的主旋律吗？倘

若中国没有清晰的中国人的《命运》的话，那么《悲怆》呢？中国人真的那么悲怆吗？还是《悲怆》本身正是中国人的《命运》？

我眼前的这位可敬可爱的、如命运的使者的、已接近他起头的命运的尾声的李大师啊！你能再给我一次、哪怕是最后一次答案吗？

在拉屎时将艺术推向顶峰的指挥
——病中李德伦印象之二

（一）

3月25日在李德伦指挥生涯纪念音乐会刚刚结束后的北京中山堂，在仍旧有柴可夫斯基《悲怆》曲调的余音回绕的大厅里，有刚演奏完的乐师们，有指挥家汤沐海，有李德伦的夫人，还有一个刚从厅外跑进来汇报"李大爷"（李德伦的爱称）在协和医院如何在病床上通过电视观看演出情景的中年男子。由于那天李德伦接受透析治疗，他没能亲临这场专为纪念他大半生指挥生涯而举办的、轰动了整个京城的、以《悲怆》交响曲终结的音乐会。

"老爷子今晚心情特好，他说几个曲子演奏得都十分成功，尤其是那首'柴六'（指第六交响曲《悲怆》），而且，他在演这段曲子的中途还……"

"怎么样？"众人好奇地凑上来。

"痛痛快快地拉了一泡屎。"

本人听他说完，便在心里乐了一阵，然后就在半寒半冷

139

的夜幕中走进了被苍松巨柏遮盖着的中山公园。

（二）

李德伦是在人生最开心的事情之一——顺利地拉了一泡屎——的过程中听完那曲为他毕生的指挥事业画上了一个最大最圆的句号的柴可夫第六交响曲的。

那，可真是既悲怆又痛快的一泡屎啊！

对一个八旬老人来说，交响乐可以不听——哪怕那曾是他生命的全部，但屎却不可不拉，因为在年轻的时候音乐是生命中不可缺少的，但老年的时候，拉屎排泄却是万万少不得的。年轻的时候如果可以在花前月下听由《命运》的安排的话，那么人老之后呢？便不得不在《悲怆》最快活的那一小会儿，去大便，去痛痛快快地拉上一会屎了。

两者都是天命，都是天职，都是必不可少和不可不做的一小段生命的乐章。

（三）

那晚的音乐会的听众中有两位国家的副总理，有众多包括本人的曾听过他讲解交响乐的学生，但偏偏没有他本人，因为他正在两三千米外的那所医院中吊着瓶，插着管，而且在《悲怆》的令人欲哭却无泪的来自俄罗斯的旋律中痛痛快快地……拉着屎。

那是音乐的作用吗？一段由他一个北方汉子起头的音乐。那是过于悲怆过于悲哀的结局吗？在他再也指挥不了一个巨型乐队之后，在生命的活泼期已彻底完成之后，在他已经不能够畅畅快快地排便之后，在他生命的第四乐章已经快要接近尾声之时……

他，即便不在音乐会的现场，但凭想象便能知道，他是在悲喜的交替之中听完那段《悲怆》的。

他，即便不在音乐会的现场，凭想象也能感受到，他是在无可奈何之中、在力不从心之中、在半睡半醒之中、在半清楚半不清楚之中、听完那从他曾留学过的俄罗斯传来的生命的颤音的。

李大爷该知足了；

李大爷该够本了；

李大爷该得意了。

有谁，在中国，会有李大爷这种福分，能在中国国家交响乐团演奏、在国家一流指挥下，在任他选任他挑的曲目之中，在冠盖云集，在淑女绅士满堂的意境中拉屎呢？

李大爷拉屎时别人为了保持场内的严肃性和曲子的连续性，连放屁都不允许。

这，就是特殊待遇。

这，就是特殊贡献。

这，就是有了特殊贡献之后的特殊待遇。

这，就是欢乐颂。

这，就是欢乐中的大团圆大合唱。

这，就是真正的有生命的交响乐。

在排泄、在生命所必须的运动中，在琴声与身体、灵与肉的相互运动中拥抱音乐，与音乐交合。

这，就是音乐的起源。

这，也是音乐的终结。

这，就是中国交响音乐之父——李德伦的造化和达到顶峰后的辉煌！

交响乐团真的还需要指挥吗?

（一）

绝对，不需要！

（二）

首先，从平等和民主的角度来看，由几十个人构成的那么一个乐团中，就突出一个指挥，就留下一个指挥的名字，就认可一个站在前面、还将屁股对着全体观众的人，就不应该，就不民主，就不合乎民意！

本人之所以至今还是个不识五线谱的爱乐者，并且至今还未向天下任何乐队提出过加盟演奏的请求，主要是出于以下两个原因：一是因为本人不会任何乐器，或者说不精通任何乐器；再有一个更为重要的原因，就是本人压根儿就没将那个乐团的指挥放到过眼里。

本人瞧不起他们！

别管卡拉扬，别管李德伦，别管汤沐海，别管小泽征尔，还是老泽征尔。

当然，这些都是玩笑！

（三）

有时，还真不知是乐队在指挥那个手舞足蹈的指挥，还是那个手舞足蹈的指挥在指挥着那个乐队。因为，我发现在那个指挥手舞足蹈地指挥着那个由他指挥的乐队时，半数以上的正在积极摆弄着乐器的人都没工夫看那个正在急切指挥着的指挥。

没有人看的指挥，还叫指挥吗？

不用看指挥就能演奏的乐队，还要那个将全身舞动得足以遮挡台上台下的许多人视线的指挥干嘛？

更何况，那个指挥那么沽名钓誉，更何况，那个指挥那么个人英雄主义膨胀，更何况，一晚上下来大家谁都记不住那么多为使乐器发出音响而努力拼搏的乐师们的名字，却唯独记住了那个始终在小方块台子上跳舞的指挥的姓名。

这——难道不应该进行彻底的改革吗？

如今什么都改革了，封建制度被改革掉了，一言堂的政治制度被改革掉了，连皇帝独裁的制度都被废除了，可偏偏没对西方交响乐的演出形式进行过一丝一毫的革新，那为何？那何不从现在起就按本人的方法进行这项改革呢？

144

（四）

　　具体说来，本人的建议是这样的，那就是从今以后指挥不再像疯人一样在台上进行那一系列掩人耳目并且没人关注的动作了，而是像百米赛跑的发令员一样，只在演出开始时一个大步跨到台上去（当然，个矮的迈小步），然后抡起棒子、闭住眼睛屏住呼吸大喊一声："各就各位……预备……开奏！"

　　然后，当乐队开始齐奏时，他便悄悄地藏到台下去。

　　我看这就足够了，在具备这么高技术水平和自觉性的当今的乐队当指挥，如此这般则足矣！

　　当然，如果在他发令前在乐队中有抢奏的，那还要劳他再返身上台发第二令，或将三次抢奏者（打鼓的最有可能）开除！

　　哈哈！

听殷承宗重弹《黄河》

（一）

又听到殷承宗的钢琴曲《黄河》了。

真的《黄河》，唯一的《黄河》，最起始的、最后的《黄河》，最不幸的《黄河》，最像《黄河》的《黄河》，最有《黄河》味道的黄色的、土色的、中国色的《黄河》……

钢琴曲。

（二）

当他在 2001 年 4 月末的那个大雨如注的春夜来到杭州体育馆，在被镁光灯打得如昼的大堂中入坐，并开始抚弹起那首我听了千百遍的《黄河》时，时光开始倒流了，黄河之水开始由天而落了，开始奔流向大海了，开始发出愤怒的吼声了，人心也开始咆哮、开始发狂、开始急跳了。打那一刻起，杭州不再是平静的杭州，殷承宗不再是文雅的殷承宗，听众不再是沉默的听众，历史不再是无声的历史，中国不再是寂寞的中国，世界不再是无情的世界了……

怒吼吧，你！黄河！

在他的弹指间。

咆哮吧，黄河，

在他的手掌中。

歌唱吧，黄河，

在他的、我的、他们的、我们的心中。

（三）

殷承宗是从天上走下来的，

殷承宗是从影片中走下来的，

殷承宗是从回忆中走下来的，

殷承宗是从神话中走出来的，

是从光环中、光环之后的屈辱中走出来的，

是从屈辱之后的逃逸中走回来的，是从逃逸终结后的回忆中走上台的，是从上台后听众的掌声中又开始弹起那如大雨狂泻般的《黄河》的。

（四）

坐在大堂中那个用闪电般飞快的速度，用浪花般翻腾的手指点击、敲击如雪般洁白的琴键的，就是那位，我儿时在纪录片中看过的狂妄不羁的殷承宗，就是那位曾经被毛泽东召见过的殷承宗，就是那位后来又在政治急流的追逐下移居到美国的殷承宗，就是那位在 20 个世纪的下半叶特殊的 10 年中为 7 亿中国人弹琴的唯一的一位琴师。而他当时演奏的《黄河》，则是 20 世纪 70 年代包括幼年的本人在内的几亿中国人的唯一的一部琴曲。

那时没有贝多芬，

那时没有柴可夫斯基，

那时没有李斯特。

但那时有的是冼星海的《黄河》，和他的演奏者、我眼前的这位已过六旬的老者——殷承宗。

所幸，那时，还有《黄河》。

所幸，那时，还有他——殷承宗。

如果那时连《黄河》都没有了，如果那时连他——殷承宗都没了，中国还会有中国文化的延续，中国还会有黄河子孙的传代吗？

从这层意义上说，他，殷承宗，是未使黄河在最枯水的 10 年中断流、是将李白诗歌中从天而来的黄河水的水源保留，是没让那个差点彻底沉寂的中华大地没有最终沉寂的一位中华文明基调的演奏者、保存者和传承者。听，他的名字"承宗"之中，不就有传"承"正"宗"文明的喻意吗？

我现在这样说，是否将他的琴声的意义无限夸大了？

我想不是。我想至少，不完全是。

（五）

时隔几十年了，他带着那个时代文化的"基音"符号，又从美国回国了，又来演奏他的、我的以及我们那个时代的母曲——《黄河》了。

他在美国也曾演奏那《黄河》吗？

美国人也有喜欢听《黄河》的吗？

如果有的话，他们能听懂那琴曲中的大喜大悲、大跳大跃和大幅度的回转吗？如果有的话，他们能听懂那在殷承宗的指间和掌中被玩弄着的、弹奏着的、敲打着的黄河之水的命运吗？能听懂黄河两岸亿万民众的命运和整个中华民族的如黄河岸上的黄土、如苍天大地的命运吗？

他，殷承宗，一个演奏家自己的命运，不也正如他手指下的黄色的音符吗？他以激越的《黄河船夫曲》切入人生，他在《黄河颂》的长歌中达到最辉煌的顶点，随后他又以《黄河谣》的哀怨在被命运之神抛弃后向苍天倾诉。最后，在他生命的黄昏时光，他又从异乡杀回了由他起头的《黄河》琴曲的故国，用《保卫黄河》音浪的滂沱，再次将那曲、那歌、那歌曲中的生命、那命运的终结、那命运大起大落后的大团圆大胜利大完满，在大雨中泼向了这静如处子的杭州和美如丽人的西子湖。

于是，大河终止了流动。

于是，大河汇入了湖中。

于是，大河停止了咆哮。

于是，生命还原至平静。

《黄河》在保卫她的拼搏中最终归于平静了，中国人的命运饱经磨难之后，最后驶入了平静的湖面。

这，难道不是《黄河》神曲旋律最后应有的余音？这，难道不是他——神曲演奏者殷承宗那大起大伏一生的最完美的归宿吗？

郎朗的朗朗琴声

（一）

昨晚是六一儿童节，我在人民大会堂二楼的座位里，在BP机和手机的轮番轰炸声中听完了东北沈阳的琴童郎朗的朗朗的琴声。

他是与费城交响乐团合作完成这场由上下楼两层人合听的音乐会的。

但第三层的看台，好像是空的。

好像，没人。

（二）

郎朗是从美国回来的 18 岁的神童，他用他尚年幼的琴声"报效他的祖国"——他在演奏后对不完全满场的听众们说。

在不完全满员的人民大会堂中坐着许多专程从沈阳来的、以郎朗为自豪的听众们。

就他们那里的 BP 机和手机声音最为热烈——如果我没

151

冤枉他们的话。

我并无意故意冤枉同为东北老乡的东三省的同胞们，何况他们还与本人有某种同样性，都是琴童郎朗的老乡。

无论如何，昨晚来听门德尔松钢琴奏鸣曲的绝大部分听众，并不真像是来与门德尔松、德沃夏克、柴可夫斯基、琴童郎朗或费城交响乐团们一同来玩弄交响乐的，而倒像是来过六一儿童节的。

真的很不幸。

（三）

郎朗的不幸也在于他的琴声不太"六一"，他与他的同龄人相比过于老成，他本应是属于"六一"的，本应是儿童的，本应是天真烂漫的。

但他音乐的情窦却过早地绽放了，开裂了，熟透了，结果了，落地了。

过早地成熟是一个孩子的不幸。

他本该到我这个年龄——快40岁了才该懂、才该会玩弄、才该会理解、才该会陶醉于门德尔松和"柴四"（《柴可夫斯第四交响曲》），但他却不幸地将门德尔松弹得那般的老道和淋漓，还那么轻车熟路，那么随心所欲。

这是，不幸的。

对于还该是顽童的他——郎朗来说。

（四）

与郎朗合奏的是来自美国"小镇"——费城的交响乐团。

印象中费城就那么几座楼宇，而且没有正在开发中的楼盘，所以说它是一个"小镇"，所以说"费交"（费城交响乐团）是个从"小镇"来的乐团。

"费交"，一个美国来的乐团，与一个生长于斯的中国孩子，合奏着"柴四"——一位俄罗斯作曲家的曲子，这本是一个跨国和跨古今的强行嫁接，但听起来却真有滋味。

因为这是"三国曲"，它出自正在里里外外、明着暗着在世界舞台上争得死去活来、谁也没服过谁的三个民族之手。

这就是真正的音乐。

这就是真正的地球的基调。

这就是音乐的手腕、音乐的幽默和音乐的超人之处。

在那"柴四"的大回旋中你听不到中美飞机在中国南海空中的撞击声，你也听不到美国鱼雷暗算俄罗斯潜艇的爆炸声，而你可能听到的，除了BP机和手机的杂音外，只有那朗朗的虽是带着童音却十分真诚的琴声、鼓声。

这，其实就是音乐。

先锋戏剧模糊印象

时间：某风花雪夜，剧散场后
地点：某剧院小剧场
剧目：《盗版天方夜谭》
采访者：《小道消息报》记者

（一）

记者：您觉得《盗版天方夜谭》这个先锋话剧怎么样？

被采访者甲（以下简称"甲"）：不错。

记者：哪里不错？

甲：说不清楚。

记者：您为何说不清楚？

甲：我压根就没看懂这个戏演的是什么，你让我说清楚什么？

记者：难怪。您是……

甲：小市民。

记者：难怪。对不起。

（二）

记者：您为何看完戏后脸上如此红润，一定是兴奋的吧！

被采访者乙（以下简称"乙"）：不对，是冻的。

记者：您认为《盗版》取得的主要成绩是……

乙：天方夜谭。

记者：您这话的意思是……

乙：我看不懂。

记者：您看不懂为何还如此激动而且满脸如此通红？

乙：天越来越冷了。

记者：对不起，请问您的职业是……

乙：市民。

记者：哦，那就更对不起了。

（三）

记者：看您的这副样子一定是个学者。

被采访者丙（以下简称"丙"）：不，我是著名作家。

记者：那您为何看不懂这个实验性极强的话剧？

丙：谁说我看不懂了？

记者：真对不起，那您看懂什么了？

丙：你这话是什么意思？

记者：你这话是什么意思？

丙：你这话……

记者：你这话……

（分别将一根手指头抬起）

丙：你……

记者：你……

（指向对方的鼻子）

（四）

被采访者丁（以下简称"丁"）：算了算了，值得为一部谁都看不懂的剧在戏院门口外大吵大闹吗？首都的精神文明照你们这样吵下去如何建设？一部戏都看不懂，那黑灯瞎火的、冰冻九尺的来这里凑什么份子，冒充文化人是不是？真没档次！

记者：我看您一定领会了《盗版天方夜谭》的全部艺术价值了。

丁（比较谦虚地）：也不能那样说，可以说局部领会了，局部没领会；局部看懂了，局部没看懂；局部领会得特深，局部领会得特不深；局部全领会了，局部压根就没领会。好在我不是外行，我也是从事戏剧工作的，而且还比较著名。

记者（十分意外）：您是……

丁：我就是这部戏的导演。

（五）

丁之后的被采访者（以下简称"丁之后"）：真是天大的笑话！天大的傻话！天大的天方夜谭！堂堂导演竟说看不懂自己导的戏，你这分明是拿大爷开心，我他妈抽死你！

记者（十分愤怒）：你这个傻小子怎敢在此对著名导演开口就骂，抬手就打！你也太狂妄了！他看不懂难道你就全看懂了？全看懂了还叫什么先锋戏剧？你给我滚！

丁之后：我抽死你们！你们也太小看人了，谁说先锋戏剧没人能看懂？我怎么就全看懂了？啊？我！（撕开胸部的外衣，并使劲拍打胸脯）

众人包括导演（大惊失色）：什么？你……你竟然全……都看懂了《盗版天方夜谭》？！

丁之后：没错！

众人：真的？

导演：这绝不可能！

丁之后：骗你们是大傻瓜！

众人：你到底是干什么的？

丁之后：我是傻子。我妈怕我一人在家被坏人领走，今晚特意带我来看戏！她没看完自己却先跑了，妈——妈——（傻子扒开众人，大声喊着，一个猛子钻进了北京的风花雪夜）

丁（将双手摊向众人）：这下，大家服了吧，我写的戏连傻瓜都看得懂……

不识谱的人如何指挥交响乐

（一）

我认为首先要看不起乐谱，要有充足的自信，要意识到在交响乐开始交响的时候还没有乐谱，要认定乐谱是虚伪的、是人为的、是假的，而声音是真实的、先天的、自然的，音乐是真实的、先天的、是不需要五线谱就能被听懂的。

我最先听交响乐时竟不知道交响乐是用五线谱写的。在20世纪80年代的人可能绝大多数还不如我，因为他们之中的大多数人并没听过交响乐，更不用说有意去考证那听起来如打雷下雨的轰隆隆的杂交着乱响的声音了。

20世纪80年代初中国所兴起的交响乐热，依我看也如轰隆隆的雷声，它在刚有了点新鲜空气的又灰又蓝的天空中滚动过一阵，热闹过一阵，就又急急忙忙地随着90年代跑龙套似的过去了。

"灰色的天空"是指气候尚不明朗，"蓝色的天空"是指大气中没有污染，20世纪80年代的天空总是半灰半蓝的，从双色的帷幕中钻出了贝多芬，钻出了柴可夫斯基和他们的交响曲。

（二）

不识谱的人在驾驭极端复杂的音乐时，不知为何很容易显得风度非凡。

我上大学时，有一次全校举办歌咏比赛，某系的某君担任该系百人合唱团的首席指挥。临赛前千人大礼堂气氛十分紧张，各系分别在指挥的指挥下进行着最后的排练。

某系的某君实是风度不凡，他在众人面前指挥合唱时如指挥交通的警察，而且是模范型的警察。只见他双目半闭，先深深运口长气，将百人带入音乐的境界，然后大臂一挥——向左、向右、向前、向后。

他大汗淋漓，他全身狂舞，他时而攥拳，时而踢腿，时而泪如雨下。在他的舞蹈和激情的带动下，该系百余名男女也随之动情，随之动容，随之放声高唱《社会主义好》！

我及全校师生被那场面惊得呆若木鸡。这哪是音乐，这是打雷！这哪是在合唱，这是在呐喊！这哪是在指挥合唱，这是在指挥百团大战！

我钦佩那个某指挥！

我崇拜那个某指挥！

我钦佩我崇拜他的风姿、他的乐感、他的大家气度、他对艺术的理解，他是那个能使女人为之哭泣、男人为之赴死的音乐天才！

他是我前半生中所见到过的最伟大的男性艺术家、指挥家，是在旷了几个世纪才终于又出现了的又一个能将指挥棒在手中用成了魔棍的音乐大师。

而他竟诞生在我国、我校，而他竟在我的眼皮子底下指挥着大合唱！

不识谱的他！

不，他不仅不识五线谱，就连简谱，竟然，也不识！

——该系最终获得歌咏大赛优秀奖后，有人暗地对我说。

（三）

我认为不识谱就不敢去欣赏交响乐、沉醉交响乐、创造和指挥交响乐，是一种懦夫的行为，是犬儒主义者，是见不得人的胆小鬼。

自从那次观看某系某君的非凡的表演之后，我本人便对交响乐以及一切需用手臂指挥着响动的音乐产生了一种超然的漠视。我看不起交响乐了，我与它平起平坐了，我想我已经能够单独指挥一支庞大的乐队了，因为我也有两只同样长短的胳膊。

我竟也养成了首长式的习惯——但凡见了五人以上的群

众，便想伸手指挥他们高唱《国际歌》。

"英特纳雄奈尔，一定要实现！"

对，一定要会实现！

"预备齐，唱！"

快跟着唱啊！

抱着提琴跳舞的弱女子
——小提琴大师郑京和

（一）

如果既听不懂她拉的勃拉姆斯的、巴赫的、弗郎克的提琴曲，又不识谱，也静不下心去欣赏任何种类的小提琴曲的话，你仍可以如醉如痴、如走火入魔般地到21世纪剧院去看郑京和大师的演奏，因为她会在台上跳舞。

郑京和的舞姿很美，因为她十分娇小，也因为她是女大师，更因为她看去并不显老。她的舞姿看去有点像席琳·迪翁，但席琳是歌手。歌手连唱带跳是情理之中的事，因为歌手如果唱不好时但跳得好，人们会忘记他们是唱歌的，而专心去欣赏他们的舞姿。麦当娜、迈克尔·杰克逊在台上都是连蹦带跳的。又如眼下少男少女所跳的电毯子舞。跳电毯子舞的少男少女们颇容易使人误以为地面上正通过着高压电流，他们踩不准那圆圈就会被当场电死。

郑京和并不需要在台上玩Cool和作秀，因为她是世界级的提琴大师，她即便不跳舞，她拉琴时即便没有舞姿也会有美的琴声流出，她不故意卖弄姿势也会令听众醉卧于如超声波般具有辐射强力的小提琴的绝响之中。

BP机你为何又吵起来了，在世界文明古国的古都，在21世纪剧院，在世界级大师用世界乐器之王——小提琴演奏的时刻？

你怎么了，BP机？

（二）

你看郑京和，她舞起来了。

郑京和的舞姿，那么美。

郑京和，你即便不跳舞，也那么潇洒，你的琴声不加伴舞，也那么动听。郑京和，你本可以坐着拉琴，蹲着拉琴，躺着拉琴，在人间拉琴，在天际拉琴，在太空中拉琴。

那也会很美，也会很醉人，也会战胜BP机的巨响。

（三）

郑京和对待BP机是宽容的。在她行将抚琴之际响了两声BP机。她没如其他大师那样怒目圆睁，也没冲下台去抓人，她反而乐了，反而乐得特别开心，反而乐完后拉得更起劲了。

她竟然十分的幽默，她竟有女人的、雌性的风趣，她竟有本该属于男子的大度，在面对从台下黑压压的人头中突然奏响的呼机声时！

如果她更幽默下去的话，便应一下摔了那价值连城的提琴，冲下剧场，抓住那腰系 BP 机之徒，大喝一声：

"是呼我的吗？"

（四）

大师郑京和的舞姿、诙谐和大家的大度、大家的对音乐的沉浸、大家的风姿，可能就来自那把提琴，可能就来自那《勃拉姆斯 C 小调谐谑曲》的激情。他写那首曲子时才 20 岁。他才 20 岁就识五线谱了，就能写曲子、奏曲子了，就能让那么多年后另一个世纪的另一个异国的女子在台上演奏了，跳舞了，痴情了，在台下 BP 机的协奏声中。

也可能因她是个韩国女子，她的身体中流着那个民族热情奔放的血。她的奔放是属于朝鲜民族的，她的激情是朝鲜民族特有的激情，甚至她的谐谑。那个令人敬佩的民族的激流的热血，与多年前那个德国青年作曲家同是不可抑制的生命的激情汇集起来，再将这两条生命的河流的冲动，灌进那把意大利人用同样热情打制成的提琴，便流出了，淌出了，倒出了，溢出了——

郑京和的琴声，

郑京和的心声，

琴的琴声，

琴的心声，

以及五月十日那个美妙夜晚的大地的琴声和五月十日那个美妙夜晚的大地的心声。

装修时代的门德尔松

（一）

今天是本人的节日——父亲节。为庆祝这个普天下可怜的父亲们的节日，便放起了门德尔松的钢琴协奏曲，可能是第一号，也可能是第二号，因为本人也分不清那张碟子到底是第一号，还是第二号。

本人并不识谱。

门德尔松是个德国的作曲家。

之所以解释谁是门德尔松，是因为怕有人还不如连谱都不识的本人。

写到这里已觉废话太多，就赶紧介绍这篇文章的主题——装修。

（二）

不知怎么了，我们这个时代，成了装修的时代了。我们的年轻人在大规模装修自己，她们将乳房填充，他们将黑发漆黄。我们的老年人也在大规模装修自己，他们（指老年男人）在抱着第三者跳老年迪斯科，在用腻子填补带缝的感情，她们（指老年女人）也在跳老太太健身操，在用强壮的身子板与年轻女人的巨乳去抗争。

这都叫装修。

我们这个楼也在时时刻刻地装修着，这个已经十几岁了的"老楼"。按照这座楼从远处看要向右边倒塌的样子，它已经进入了该跳老年迪斯科的精神状态，所以也该装修装修了。但问题不全在于此，问题在于自打我们搬进这座楼起，它就没有一天停止过装修。这座楼的电梯中搬运的装修物资总比人多，而运载的装修工人又总比本楼的居民多。这座楼充分反映了我们这个装修时代的精神，就是旧的不去，新的不来，旧的即使去了，新的也还不来。

咳，甭提它了。

（三）

我虽然不识谱，但极喜听西洋古典音乐，这可能是因为本人在骨子里是属于古典型的，本人在内心里是看重世界的本来面目的，本人在灵魂深处是反对装修的。

装饰和装潢也反对。

不要说装修带来的噪声，BP 机的噪声已使这个世界成

168

了蹦极式的、跳楼式的社会，再加上装修的噪声，就将门德尔松的钢琴曲衬托成了不和谐的声音，衬托成了噪声。

不知为何，每当播放我喜欢的这段协奏曲时，楼上或楼下的那个钻头就开始使劲地向不知是哪层楼上的一堵承重墙上钻，发出在骨科手术台上锯人腿或在牙科操作台上钻人牙的吱吱的声响。那种声音一响起来，在屋中的本人就必须马上开始播放一盘CD，或准备冲下楼去买一根"大红果"冰棍，总之，它使本人在家中坐卧不安。

由于今天是父亲节，楼上的那支装修队伍考虑得十分周到，没在早晨六点就开始使用电钻，而只是运用铁锤。可能他们也需要先将那堵承重墙用铁锤砸晕，再用电钻钻，才不至于那堵墙在钻它时玩命反抗。

今天那支队伍的开恩使我能在没有电钻的吱吱声的条件下心平气和地听了门德尔松钢琴曲的前几个回合。

我总误将西洋古典音乐当中国的章回小说听，而且当听完一个乐章后，我总觉得那个提琴或钢琴的尾声音在说："要知后事如何，请听下回分解。"

据说门德尔松这个被称为"古典主义的浪漫主义"的作曲家一生生活得十分愉快，他既没像贝多芬那样最后什么也听不见了，也没像柴可夫斯基那样用音乐去回报一个有钱的女人（梅克夫人），而只是那么快乐地活着、快乐地作曲，并用那既不疼痛也不悲伤的旋律，来帮我们打发这有时疼痛有时悲伤的现代人的生活。

有些人的曲子是不能老听的，至少不能天天听。比如贝多芬的《命运交响曲》，一生听那么一次两次，反思一次两次还行，比如高考前夕或刚被炒鱿鱼之后什么的，但不适合天天听，因为那主旋律如军阀乱兵半夜深更的砸门声，而且用的是重机枪托，连续咚咚咚咚四下，一下比一下重，一下比一下吓人。

贝多芬也是德国作曲家，据说还是个犹太人。

门德尔松生活在 19 世纪的中期，比贝多芬晚去世 20 年（1847 年）。按照教科书的分类，他该算是个浪漫主义的作曲家，而没有贝多芬那般古典。

据我本人的理解（这当然是一家之言）古典和浪漫划分起来十分牵强，因为在一个新时期中被认为是古典的，在当时那个古典的时期可能正是浪漫的。这就比如看 80 多岁的人搞对象。80 多岁的人搞起对象来也比较浪漫，有的比年轻人还厚脸皮，因为剩与他们的时间已经不多，再不浪漫就甭再想浪漫了。80 多岁的人无论在情感上如何浪漫，从年龄和体能上看，也都应属于门德尔松式的"古典主义的浪漫主义"，所以 80 多岁的人搞对象时绝不可能像 20 多岁的人那样口口声声海枯石烂，因为海已将枯石已快烂，也不可能发誓再等 20 年后结婚，因为可能再等 20 天就都没戏了。据我分析，当人在 80 岁谈对象时，所谈及的第一个问题会是对方还能活多长，第二个问题是双方何时能上床。不信您等到 80 岁时谈个对象看看，那时肯定不会骂笔者在此低级趣味。

真正的现实主义并不等于低级趣味；

真正的古典主义可能就是浪漫。

当贝多芬将该砸的命运之门都砸了，当莫扎特把该玩弄的技巧都玩弄出来了之后，便没人再能去用音乐敲那扇命运之门了，因为那种门只有一扇。

全人类只有一扇。

我们只有一次命运。

我们的命运是相同的。

我们的共同命运，就是命运。

当那扇大门被贝多芬砸开之后，别管他是犹太人还是德国人，别管他用的是乱兵的砸门声还是用重重的鼓锤声，别管他当时自己听得见那咣咣的声音还是听不见，接下来就要轮到不那么古典的、有那么几分浪漫的门德尔松上场了，他开始敲动琴键了，他开始走出我们的 CD 了，他开始与我楼上那台电钻的吱吱声搏斗了。

本不想再提那台正在装修的电钻，本想静下心来与门德尔松一同浪漫片刻，可说着说着，那台钻机还是开始响起来了。

那台 80 多岁的、产于 20 世纪 80 年代的老流氓式的电钻。

它莫非也耐不住寂寞了吗？

它莫非也想学门德尔松一样浪漫一下吗？

它想取代还一直敲着的铁锤声吗？

总之，它又响起来了。

总之，它又开始锯人的大腿和钻人的牙了。

总之，它将父亲节一大清早的平静、这个周末的平静、我心中的平静和这个星球上的人心的平静一下给打乱了。

我终于忍受不住那支钻头的折磨，想去楼下买根"大红果"冰棍，可又不甘于就此认输于那太无理的钻机，以及那不必要的、多余的装修和装饰，就炒了门德尔松，开始播放起了贝多芬的《命运交响曲》。

就这样，老贝的咚咚咚咚来了，就这样，我又开始砸命运的门了，就这样，我又开始借用那已经去世了170多年的来自德国的大锤去向楼上的邻居提出抗议了。

咚咚咚咚，你们干什么呢？

咚咚咚咚，你们没发现这楼上还有别人住吗？

咚咚咚咚，你们家的那个厕所如果这样每天24小时装饰下去的话，你家八口到哪儿去大小便？

咚咚咚咚，求求你们别再装修了。

咚咚咚咚，请给天下个太平，请给这个星球宁静吧！

于是，那台钻机便停机了。

于是，本楼、本星球和本人就平静了，就沉睡了。

于是，他们（它们）就都安息了：门德尔松安息了，浪漫安息了，古典也在砸开本楼的命运之门、在电钻噪声停息后精疲力竭地安息了。

他们（它们）都将永垂不朽。

听西洋乐扔手巾板

（一）

我有一种十分奇怪而不甚负责任的想法，原本不想说出来，但放在心里又不甚踏实，尤其是在听交响乐老被 BP 机打断时，就更想将之一吐为快。

我想做一种实验，想在中式茶馆的气氛中看一场柴可夫斯基的《悲怆》，或在故宫慈禧看戏的大戏台上请人演奏几首肖邦的钢琴曲，总之，来一下真正的中西合璧，玩一下正格的土洋结合。

当然，这就意味着在听钢琴演奏的同时一定要有人在剧场里扔手巾板，还要是冒着热气的，外加几声吆喝"好!"——在听完一段莫扎特的曲子之后。

那一定特过瘾，特来劲儿，也特别刺激。

（二）

听西洋乐时总觉得周围的人都挺受罪的，都挺不大情愿的，像挺难以坚持住似的。

中国人听西洋音乐时仿佛都是被上司关了禁闭的士兵，或是被强行按在老虎凳上受难的持不同政见者，总之，都挺不容易的。

看到这里本人注定会遭到一些在听西洋曲子时如屁股被灌了铅的、十分深沉和正经的音乐爱好者们的群起而攻，他们会说："你这个不识谱的外行是在信口胡说，我们听交响乐时总是一声不响，总是默不作声，总是纹丝不动，总是如和尚坐禅，总是……"

没错，那是因为他们睡着了，在西洋的鼓点的伴奏下。

他们："呼——呼——"

我还真碰到过一个这样的。忘了那是在哪个音乐厅了，反正中场休息时大家都要撕开裤裆从他头上跨越而过，才不至于将他从梦中惊醒。你前去摇晃他时，他还呻吟着："别碰，别碰，闹钟还没响呢！"

（三）

我以上的关于手巾板的虚设可为剧院中 BP 机、手机携带者们的行为提供某种理论上的佐证，那就是中国人自古听戏都好热闹，都不甘寂寞，都想在听戏的同时在台下自我实现，在台下表现自己，在台下顺便开一台戏，然后自己在下面边听边唱。所以我们听西洋音乐时也旧习难改，也触景生情，也想跟着吆喝吆喝，也想顺手拎出几块手巾板子，并趁热扔上一扔，甩上一甩，然后站起来痛快地大叫几声，更恨不得从马褂里摸出几个铜钱，使劲砸到台上去。

然而，听贝尔芬时不许这样。

然而，听《葬礼进行曲》时不许大声喊"好"。

然而，不便向钢琴的方向使劲扔铜钱。

便，用BP机和手机代替了。

便，冲着手机喊话了。

便，在剧场的黑幕下大喝一声："你丫乱呼我干吗？这儿正演着我的安魂曲呢！"

然后，也不将他们的安魂曲听完，就撇下几百个正在受难的听众，冲向门外。

每场音乐会都如此。

每场音乐会都有许多这类的观众。

别管在开会前如何三令五申，也不论台上的演奏者如何表示愤怒，只要BP机一响，便会有几个黑影在手机或BP机的刺耳的急叫声中晃动着向门外冲去。

注意，笔者写到此处已经恼怒之极了，原想用轻松点的语气嘲弄一下BP机之徒，却不幸转为了愤恨。还请读者原谅，因为你们是无辜的。

176

（四）

东方人的屁股被西洋人的曲子死死地钉在剧场的坐椅上，而且还不许开灯，是近百年才有的事。

我们的祖宗可不用受这份罪。

唱京戏图个热闹。

听皮影戏也需要个气氛。

中国人自古以来都是在热闹中欣赏戏剧艺术的，是在参与玩味乐器、在吵闹声中与台上的群芳"共舞"的。东方的戏剧艺术和音乐艺术是台上台下同唱同和的，是双向的，是给台下的人保留了发言权的，是允许听众搞出点声响来的，是不怕 BP 机和手机的。

这兴许是 BP 机现象之由来。腰挎 BP 机之人兴许正是百年前在手巾板子的热气中穿行于戏楼的大爷们的后代，是他们的晚生，长着他们的脑袋，顶着他们的头型，头上挂着他们的耳朵，并不可避免地拎着那班大爷的肠子前来听《悲怆》，前来看《天鹅湖》，前来观《欢乐颂》。他们在合唱的空当中 BP，在《安魂曲》的夹缝中传呼，他们心中留恋的唯一传统，正是那热气腾腾的手巾板子。

那横飞的手巾板子。

那转着圈的手巾板子。

那风风火火的手巾板子。

哦，我竟忘了，还有那瓜子、核桃仁之类的补品。看人一边咀嚼核桃仁一边观赏柴可夫斯基的舞剧《胡桃夹子》，倒是一出好戏，因为万一没核桃仁了，便可用台上俄国人送来的胡桃夹子再夹出若干核仁来吃。

不知老柴是否会再写几部《瓜子仁夹子》或《杏仁夹子》一类的舞剧，那倒可一饱本人的眼福、耳福和口福。

正写到此，忽从天上飞来一块赤热的手巾板，正糊在本人腰间的 BP 机上。

他在黑暗中狂歌《我的太阳》

（一）

Bocelli——意大利近几年最著名的男高音罗切里，是在黑暗中高唱 *O' Sole Mio*（《我的太阳》）的。

但，他能看得见太阳吗？

他，是个盲人。

他，是在瞎唱。

同样，他用那已经超过了帕瓦罗蒂的高音对着太阳歌唱爱情歌曲，用比多明戈还抒情的音色高呼："我爱你！"

但他能看得见异性吗？

他，是个瞎子。

他，是在黑暗中瞎唱着爱情。

我无论如何也不理解，为何一个看不见太阳的人能够那样豪情满怀地歌颂太阳的光明，同样，我无论如何也不能对自己解释，为何一个看不见异性的人，能够那样毫不逊色地讴歌异性、颂扬女人，用那般美妙的声音表述女人的美丽。

明眼人都瞎了吗？

明眼人都聋了吗？

明眼人都麻木了吗？

为何，罗切里是个盲人？

为何，阿炳是个盲人？

为何，阿炳能用《二泉映月》"看见"他看不见的月亮？

为何，罗切里能用 *O' Sole Mio* "听见"他看不见的太阳？

难道，月亮也盲目了吗？

难道，太阳也瞎了吗？

如果，只有盲人才能唱太阳啦太阳、月亮啦月亮——而他们又偏偏看不见，那么，太阳还应该存在吗？那么，月亮还有必要临夜空高悬吗？

到底，太阳是什么？

到底，月亮是什么？

到底，美丽是什么？

到底，女人是什么？

到底，光明和美丽是什么？

到底，用什么去看太阳和月亮？到底，用什么去享用异性的美丽和光明？

到底，这个世界上是否还存在着、存在过、存在下去太阳的光、月亮的光、美丽的光、女人的光？

如果，根本没看见过他（她）们——如罗切里和阿炳一样的人，也能那般如此，也能如此那般毫不费力、毫不逊色、毫不过分、毫不夸张地看见他（它、她）们、热恋他（它、她）们、狂歌他（它、她）们和狂爱他（它、她）们的话。

在听罗切里的《我的太阳》和阿炳的《二泉映月》时，老实地说，我也跟着他们盲目了，我也跟着他们瞎了，我也跟着他们合上眼了。

因为，那时我的双目已经无用。因为，那时我的头上无须有太阳和月亮。因为，那时我的心中不再有作为异性的人类。因为那时我的眼中、我的心中溢满了太阳、月亮之光。因为，那时我的头上和心中如明镜似的，因为那时我什么都看见了，却也什么都看不见。

我只知道唱；

我只知道拉；

我只知道高歌；

我只知道表达。

——用嗓子。

——用二胡。

——用心。

——用眼睛。

那，心中的眼。

那，看不见的眼。

那，盲目的眼。

那，黑暗中的眼。

那，也有也无的眼。

反正，我同他们——罗切里和阿炳一样，看到了。

反正，我同他们——罗切里和阿炳一样，听到了。

反正，我同他们——罗切里和阿炳一样与那太阳、与那月亮、与那太阳和月亮下的爱，相会了、相约了、相拥抱了、相共生死了、相共长眠了。

相"O' Sole Mio"了，相永垂而不朽了！

不能再看汤沐海指挥了！

真不能再看汤沐海指挥的交响乐了，别管人们称他为大师，别管人们叫他天才，别管人们叫他中国的卡拉扬，无论如何，本人再也不能到北京音乐厅或中山堂去看他那手舞足蹈的指挥动作了。

因为他得了——高血压。

更因为，本人也有高血压。

只是，没他那么高而已。

汤沐海的高压为 160——据报纸上说，低压为 120——也是据报纸上说。而本人的高压为 120 ~ 140，而本人的低压为 90 ~ 95。

都挺高的，不过档次相差了一些，不过汤沐海的高低压都比本人的高低压高一些。

因为同是高血压，他——汤沐海便不能再站到指挥台上去抡那个指挥棒，而我，也就不能再坐到台下观看他那么近似于疯狂的指挥动作了。

因为那于心不忍。

因为那不再是一种对艺术的享受。

因为那看起来会令人提心吊胆。

因为真正的音乐是不会有片刻的平静的，有了片刻的平静，也就不是音乐了。音乐是一种上蹿下跳的符号，音乐是一个不安分的活泼的精灵，音乐是一匹野马，是一头野驴，是一粒野种，音乐是无法定位的私生子、私生女，是一头非洲的奔象，而指挥，就是那牵野驴的、骑野马的和坐在奔象的背上急驰的骑手。

指挥本是一颗捧在手上的狂搏的心。

指挥本是一个精灵的头领。

指挥本是一幅用血红色抹成的画。

指挥家本是这世间最不安分、最起伏不定的舞动中的躯体。

指挥家本是观众血糖、血脂和血压的一刻不停的调剂主宰者：

——用他的动作。

——用他的手势。

——用他的弹跳。

——用他的体内的血压。

指挥的血压随音乐高潮的到来高了，观众的情绪和血压也应随之增高，反之亦然，但绝不能相反——指挥者的高低压绝不可能与音乐的高潮低潮呈相反的走向，也就是说绝不能在音乐进入催眠曲的低调时，指挥的高低压达到空前的高度，而音乐的格调进入"怒吼吧！黄河"时，指挥的高低压一下跌落到了水银柱的最低点。

如果那样的话，便应该有两种可能：

1. 指挥并不识谱；

2. 指挥在黄河怒吼到最大声时突然因血压高昏死在台上。

汤沐海便有过这样的豪言——不幸的汤沐海，得了那该死的病的汤沐海——他说他的最高理想便是死在指挥台上，以身殉那他忠实了半生的音乐。

请不要这样，你；

请不必这样，你；

请放弃这种想法，你——我尊敬的乐师。

你如果因血压达到高潮而真的晕死在台上的话，那我怎么办？同是血热的、血管不平静的你忠实的观众。我二十几年前便看过你的演出，也就是你尚未热血澎湃和尚未热情高涨之时，而那时的本人似乎还没有高血压，至少没有血色的压力或红色的压力，而今我们都老了，也都有了那种不祥的压力，只是一高一低，只是台上台下。

指挥的以身殉职从形式上论应是伟大的和光荣的，但却不那么正确，因为如果他在台上将音乐炒作到高压200mmHg 时，台下的部分观众的高压便有可能随他会达到160mmHg 至 180mmHg 之间，那样结果如何呢？台上的指挥一举成名、成仁于世了，台下的如本人一类的血压原本不那么高的观众，便将高压、将激情永久地定位于 160mmHg 那个指挥血压的初始值上，而落下终生易于激动的毛病。

那还听音乐干嘛？

那还要音乐干嘛？

那样就没必要借贝多芬的《田园》浪漫了，而是在家里一天 24 小时播放哀乐或《安魂曲》，不就行了。

那样便不会将血压抬高。

那样倒会终止于平静，而不是倒在舞台上。

那样便可长久地殉葬于音乐。

你听懂了吗，汤沐海？

你想通了吗，汤沐海？

你理解了吗，汤沐海？

还望你自行珍重吧。

为了我，听者，
更为了她——那音乐。

我花重金用望远镜看"三高"

（一）

我终于，用望远镜看到"三高"（世界三大男高音）了。

我正襟危坐于紫禁城最后面的、昂贵的、用美元计算的铁凳之上，用从家里抄来的最高倍的望远镜，看到了那三位传说中的歌坛泰斗的身影。于是，我也随之风光了，于是，我也随之牛气了，于是，我也随之目空一切了——我只看得见杀人的午门了。

午门原来不就是用于杀人的地方吗？

如果明清还有活着的皇帝的话，如果今天封建皇帝还没下岗的话，准会有一个被某位大臣气得怒气冲天的皇帝对着午门门口大喊一声：

"把这小子推出午门，斩首！"

你知道那时太监该怎么说吗？

他说："回皇上，现在斩不得，要等到子夜之后才能斩。"

"为何？"皇帝大怒。

"因为午门外有三个从意大利和西班牙来的家伙正在用

劈雷般大的嗓子猛吼，他们正在对着天空唱歌。"太监说。

"他们唱的是什么歌曲？"

"是美国歌曲 *Moon River*——《月亮河》。"

"快扶我起来，朕也要去听听。"

"皇上，您去不得，因为那票价太贵，而且，您也没有美元。"太监说。

"那好，就坐在宫里听吧。"皇上没脾气地说。

那个夜晚，连皇上最终也无法入睡。

（二）

我在一般情况下，除非是"三高"的情况下，是从不买最贵的票的。

买最贵的票的人一般都是贵族的——孙子。

而本人本身就是贵族。

我买最便宜的票，却坐在最好的位置上听音乐、看话剧、看电影、看人打架，还是有一套方法的。

方法一：你只要手中有票，只要是票，就一屁股先将那全场最最高价的位置给占住，而且坐下后不要四处张望，那样会显得有几分心虚。你要端坐在那个位子上像念"南无阿弥陀佛"似的这样默念："这个座位就是我的，这个座位就是我的……"

在一般情况下，结果是，这个座位就是你的了，因为正如刚才说的，买得起这种票的人都是贵族的孙子，而今日的特点是，凡是贵族的孙子都忙着挣钱去了，都没工夫来与你争听音乐会，或争看电影，除非是"三高"来了。

当"三高"真的来了时，贵族和贵族的孙子们也就真来了。那夜里1000美元以上的观看区域，是被一些虎背熊腰的人，用身体与买1000美元以下票的人隔离开的。

所以我说，贵族嘛，他妈的毕竟就是贵族。

你不信？！

（三）

方法二：

在你进场时看到有人已经坐在那个最贵最重要的位置，而你手中的票却是一张最便宜最不重要的票时，你可千万不要犹豫，你干脆就一屁股冲那个已经坐在最最贵最最重要的座位的人的身上——甭管他是男是女——坐下去，因为那个位子本来就是你的！

你一定要抢，一定要有这样的信心和信念。因为"三高"还没来嘛！因为"三高"不会再来了嘛！

"三高"这次唱得那么臭，还敢再来中国吗？

"三高"如果一下连唱十场的话，我看"三高"的票价

190

是该用美元还是该用日元标价！

我敢肯定——凭我以往数百次的现场经验，那个或是男或是女，或被你的屁股轻压或被你的屁股重压过了的人会一下子从那最重要最贵的座椅上如猴子般蹿起，他（她）会先大声对你表示欠意，接着小声害羞地对你说："对不起，我坐错位子了。"

这时你可千万不要心软，你为何总是心那么软？你的心被煮过了吗？你应该厉声地对那种"小人"说："把你的票拿来看看，我帮你找位子。"

那张票 100% 会是最后一排的！

那小子（或女子）准是看见过本人这篇文章的上一小节之后，才飞奔剧场学着干的！

你，对他根本就别客气，因为他是你的师弟。

不是已将贵族的孙子都不上剧场的秘密透露给你了嘛！

当然，"三高"除外。

但，"三高"那歌，也是贵族的吗？

难说。是的话，就应该沿街高唱不要钱的歌。

那样才会让人真的睡不着觉。

（四）

方法三：

看，全教给你了。

在你坐在最贵最重要的位子上时，偶尔遭遇到那些就拿着你看中的位子的那张唯一的票，也就是当贵族的孙子真真的就那样来了的场合，你该如何应对？

傻了吧？

没招了吧？

招术一：你起身先查他的票，但不要让他查你的票，然后道声"对不起"，但你一定要掌握绅士或淑女的分寸，然后对紧旁边位子上坐的人说："原来你坐的是我的位子！"

于是会出现两种情况：

1．那人一般会走开，因为他也是在提心吊胆混座的；

2．那人死活不让，并向你出示他（她）就是那个座位主人的凭证——票。

于是，你只得再道一声"对不起"，再往下一个座位上靠拢了。这样一个一个接着问下去，你终究——我敢向天发誓会坐到一个混票的人的坐位上去，并将他赶走，因为最不济你——问一圈后仍会有一个空位子在耐心地等着你，并且无人在座椅上回答你的问题——因为那正是你票上的位子。

当然，那要有极大的耐心，要一一问遍整个场子才会轮到，因为你的票是最便宜的最后一排的嘛！

那很不幸！

如果你那天真的那么不幸的话，如果你那天已经不幸到被迫坐到你买的最最便宜的位子上去的话，我看你就不该有心情再接下去听那倒霉的音乐会或看什么话剧了，你还不如一个猛子跳上舞台同他们一同演出（电影除外），或者干脆调头回家得了！

那在英文中叫作"U-Turn"，在中文叫作"悬崖勒马"，或叫作"浪子回头"。

当然，这不适用于"三高"来的时候，如果在"三高"来的时候你也会因为买了2000元人民币的票却混不到2000美元的座而调头回家或者拍屁股就走的话，那你可就不是本人的弟子，而是大白痴、大笨蛋了，你知道那天坐在2000美元位子上看"三高"的是谁吗？

是人家"四高"！

我买了一张真正"三高"的票

（一）

我买音乐会门票、戏票、球票时，多年来有一条不成文的规矩，而这条规矩是自己私下里制订并执行的，就是永远买那张最最便宜的票。

比如当卖票的女士说"这场音乐会的票价是180元～20元"时，我便准会毫不犹豫地说："那就买一张10块钱的吧！"

这一点肯定会使您感到惊讶，而使您感到更为惊讶的是，她居然还真卖给了我10元一张的票。当然，她是从非正当途径——屁股底下——将那张票取出后，再卖给我的。

（二）

在我买三大男高音本年度6月23日在紫禁城演出的音乐会票时，就一不留神让卖票的小姐给欺骗了一回，她欺骗我的全部过程是这样的。

"有最便宜的票吗？"我问。

"当然有！"她说。

"多少钱一张？"

"1000 美元一张。"

于是，我就没买，我再问："有更便宜的吗？"

"当然有了！"她仍然十分有耐心。

"多少钱一张？"

"2000 美元。"

"为什么你刚才说最便宜的是 1000 美元？"我急了。

"因为刚才你没买那唯一的一张最便宜的 1000 美元的票，所以它就立刻被别人取走了。"我听出了小姐在电话中对我的同情。

"2000 美元也太贵了，别说意大利人唱，就连猫头鹰亲自来北京演唱，也值不了这么多钱啊！"

小姐见我已经被她的机智和沉着折磨得快要放弃听"三高"演唱会的时候，这才抖出了最后的一招儿。

"尊敬的齐先生，如果你真有诚意的话，我倒是特意为您预留了一张最最最低价的票……"

"多少钱一张？"我将耳朵紧贴电话听筒，心想只要不超过 3000 美元，就立刻将其买下，然后再按 4000 美元将其立即抛出。

"你等一等，我先把门关上。"小姐神秘兮兮地说。

关门声传来。

"380美元一张。"

"这……这么便宜！"我先惊喜了一下，然后便驱车飞奔小姐所在的票务公司，将票连夜取了回来。

记得那时距"三高"来京还有6个多月。

（三）

这以后的事情，如果您是北京人的话，您就应该比我更清楚了。您一定清楚小姐欺骗了我，您一定知道最便宜的票根本就不是380美元，您一定知道380美元的票是最贵的票之一，您更应该知道那最最最最便宜的票，其实是不要钱的票，因为电视、广播将对那台音乐会做现场直播。您可能也知道，我这回是非去不可了。您可能更知道我是为挣回那380美元而去的。您可能还知道那380美元顶我数月之进账。您也许知道我眼下正发愁是订下月的光明牌牛奶，是亲自到母牛乳房那里取奶，是继续坚持不懈地喝人送上楼的矿泉水，还是为节省开支喝昆玉河中的天然水……

当然，您兴许知道，那位卖我票的小姐，如今，在那场音乐会还没开演的时候，早就不再干卖票的职业了吧！

帕瓦罗蒂今晚真的无法入睡了
——"三高"演唱会后记

（一）

我一直以为"三高"——帕瓦罗蒂、多明戈和卡雷拉斯应该是代表地球向太空宣唱的"地球之音"，而不是"美国之音"的代言人，然而今晚在聆听他们唱了一晚上后，才发现今后的地球的代言人可能再也不是他们三位，却可能是本人——不识谱的我自己了。

（二）

帕瓦罗蒂在唱了一晚后，本人发现：

今后的三大男高音的顺序，将不再应是他、多明戈、卡雷拉斯，而应该为多明戈、卡雷拉斯和我了。

我邻座的那个奥地利人说帕瓦罗蒂之所以今夜底气不足，是因为他在演出前刚从首尔回来，而他到韩国的首尔去，是为了"Have fun"——寻找乐趣。但他在这么重要的演出开始前所要做的，绝不应该是"Have fun"，而是应该捂头大睡一整天。随后那个奥地利邻座又收回了有关帕瓦罗蒂应该捂头大睡一天的建议，因为他紧接着想起这次老帕是怀抱着一个年轻女友来京赴会的，倘若老帕在白天与女友抱头大睡一天的话，今晚我们这批花了巨资前来听他高唱的人便真格地"今夜无人入夜"或者"今夜无法入睡"了。因为老帕在将该唱的都按计划唱完了之后，便会带着浑身的倦意又去怀抱女友入睡，但我们这些失望而归的人呢？

"别忘了本人的这张票是在女友刚跟我'离异'，并且我在经济上刚刚陷入困境的时候买的！"

那位来自奥地利维也纳的邻座边听边悻悻地报怨。

"真不愧是个来自音乐之乡的人，这么执迷音乐！"

我边内心暗自赞叹边紧张地将座位往一边挪了一挪，我知道此时的他是想用帕瓦罗帕的声音代替刚跟他拜拜了的女友，一旦老帕的声音让他失望或令他失控的话，第一个遭殃的人不是别人，一定会是本人。

（三）

老帕真的老了吗？

老了的他还能再唱多久？

人老了就一定会失声吗？

人老了声音中便不再有底气了吗？

是什么支撑着唱歌人的底气？

是靠肚皮运的气吗？

那么肚皮塌陷之后呢？

"三高"少了一高后会如何？

剩下的"二高"会再接着唱下去，唱到只剩下"一高"的那一天吗？

没有了"三高"之后，谁再代表地球向月亮、太阳、火星高唱？新的"三高"还将有能够代替全人类高歌的代表性吗？

那罗马遗址、这午门的夏夜、这灯火、这回荡于紫禁城大门口的异国人的挡也挡不住、听也听不够的全球最高雄浑的声音……它们都将随着帕瓦罗蒂或多明戈或卡雷拉斯三人之中的一人的失声、衰老、无能为力而从夜空的记忆、从万人的记忆、从全球的记忆中衰退、逝去，不再重复、不再出现、不再回荡于太空之中吗？

午门外那些被推出斩杀的死灵魂们，也能听到这夜空中的绝响吗？慈禧、雍正、乾隆们也能听见这从他们"家"的大门外传来的、向全球直播的、用他们根本听不懂的多种异邦语言高唱的歌声吗？

他们当初会预想到这一天的到来吗？

李自成、朱由检会在天上知道有这么一个名叫帕瓦罗蒂的、喜欢在怀中像抱孩子般搂抱女友的意大利人吗?

他们如果那时能够预见到今天老帕在紫禁城高歌的话,还会去起义、去做皇帝、去景山上吊吗?

我想他们都今夜无法入睡吧!

(四)

艰难的帕瓦罗蒂,令人遗憾的老帕,他难道没感到体内生命力的衰落?他难道不惧怕随着年龄的增加雄风不再、嘹亮不再、游刃自如不再、轻松不再、洒脱不再、生命中的青春不再吗?

真没办法!

真不忍心听!

真是无可奈何,歌去也!

老帕总说这夜不将是他们三人的最后一夜,他却没意识到这已是最后一夜之后的最后一夜了,因为他们的最后一次完美的、轻松的、炉火纯青的那一夜,已在洛杉矶(1994年)完成了,或者已在巴黎(1998年)结束了。

艺术是勉强不得的,艺术是强求不得的,艺术生命是延迟不得的,无论他们三人在这紫禁城之夜之后再聚首多少次,无论他们再如何频繁地在异乡合唱,那时的"三高"合唱已将不再是最高的"三高",已将不再是不可代替的"三高",

已将不再是绝无仅有的"三高"，而将是为抵制遗憾、失落和逝去而战的保卫战了，而将是为维持高音 C 的"高音保卫战"了，而将是帕瓦罗蒂为能将女友永远留在怀中的"怀中保卫战"了！

遗憾吧！

惋惜吧！

没办法吧！

但这，就是天命。

但这，就是天数。

但这，就是天命和天数留给帕瓦罗蒂、留给"三高"、留给我、留给那个奥地利邻座和这个夏夜中被他们高音震荡得还没法轻易入睡的三万听众，以及这个地球上存在着、存在过的一切生灵的永世的绝唱！

艺术形式是配对的

（一）

现在开始广泛地谈论艺术啦。艺术的广泛性表现在艺术的无所不在，在于艺术品的无孔不入，在于艺术形式的成双成对，在于艺术形式的配对性。

艺术与艺术之间，也如同动植物的男女、公母、阴阳一般，也是成双成对地配着出场的。"三高"不选在北京王府井或上海的外滩摆摊练歌，却偏偏将收费的地点定在咱北京皇帝的家门口——紫禁城的午门，却偏偏以古城楼为天然布景，这就是一门艺术——歌剧与另一门艺术——古建筑之间的配合、配对、联姻。它们二者结婚后所生出来的，就是公母艺术交配后的两个后代，一个是高雅的、令全球人如雷贯耳的"三高"咏叹调，另一个是私生子，是 USD，是滚进帕瓦罗蒂那比饭桶还大的肚子的美元。

（二）

山配山，水配水。

山配水，水配山。

好山好水联姻，生出的是山水画，光有山的山叫作光棍儿的山，没有山的水叫作寡妇的水。蒙娜丽莎那幅画不能以中国的板胡为背景音乐，更不宜配之以锣鼓，锣鼓的喧嚣会使蒙娜丽莎耐不住寂寞而红杏出墙。同样，京戏也要由京戏的乐器配，如乐琴，如板胡，用小提琴配京戏那叫"二婚"或叫"娶二奶"，而不是娶正妻。

"三高"要用"三高"来配，前"三高"为帕氏、哥氏和卡氏，而后"三高"分别为血糖高、血压高和血脂高，不听前"三高"，后"三高"便高不起来，便不会特高。语言也要用人来配，讲上海话的人绝不可能是东北大汉，东北大汉一讲上海话，便成了东北小舅子。同样，如果南京路上的人都操一口"嘎嘎"的东北大话，当年洋人也就不敢在那里那么横行霸道了。

要配对嘛！什么人要与什么样的语言相配，而语言讲好了，不也就成了艺术了吗？

（三）

一部电影要有与电影相配的各种艺术，要与音乐、设计、人物造型、艺术感觉相配。《地道战》不能用《地雷战》的音乐来配，如果配倒了，则地雷便会被埋在地道里炸，地道也会被修到地雷的上面，那还如何打日本鬼子？

另外，张艺谋的电影也要由大红灯笼来照明，却不许用大黑灯笼来照明——哪怕大黑灯笼能够照明、能够使灯光普照天下。

《红与黑》只能出自法国人之手，出自德国人巨手的艺术不是罗曼蒂克型的小说，而是铁血的第三帝国，它的原创是希特勒。

（四）

如今流行的还有中性的艺术。中性的艺术不再是男女艺术家生育出来的东西，而是天上掉下来的不伦不类的东西，如现在台上的那些流行音乐和那些由长不出正经胡子的"半男半女"的人跳出的舞姿。那些人我看是没治了，对他们进行拯救的唯一方法是让他们参加 20 世纪那场二万五千里长征或到密云的山顶上玩若干次蹦极，而且要脚冲下跳。

那样才能由阴转阳。

爱新觉罗·溥仪——清代的最末一代皇帝早年就需要不断注入男性荷尔蒙，否则为何整日就只想再度登基？他的最大问题是不成双成对，是没有找到绝佳的生活艺术搭档。当皇帝的都认为自己是世间独一无二的，所以都找不到绝配，他在中国找不到，就一脚跨到日本去找日本的天皇搭档了，也就卖了国和家。

　　所以连祸都要搭着存在，都要不单着行，何况身为人类"妾身"的供人类玩弄的艺术呢？

　　艺术，我看你想开点儿，也就算了。

而今，已不再有《天鹅湖》

（一）

在这个世界上现在还有不是商人的人吗？

连帕瓦罗蒂的歌声中都带着"这段赚了多少？多少？多少？"的颤音，何况麦当劳、肯德基还有柴可夫斯基呢？柴可夫斯基是作曲的，在他作曲的时候得到了梅克夫人的资助，所以他能写出十分纯洁的《天鹅湖》的旋律。如果老柴也活在今天这个不是由农奴主而是由资本家作主，不是被收租思想而是由商业思维主宰的世界中的话，那么老柴的《天鹅湖》中便奏不出纯净水而是该挤出污水了。你没见虽然现在演《天鹅湖》时的音乐是纯净的，但俄罗斯来的小天鹅们都早已被美元腐化了吗？你难道没看见那一只只小天鹅的尖尖的小脚在空中一张一合地对舞时，她们足尖发出的信息是"给，给，给……多少钱"吗？

自然，那些舞男们两条粗壮的大腿们在空中一张一合地对接时，也是在不停地对你说："还是给美元吧……不！不要人民币……"

这就是今日艺术中的商业臭气。

　　臭气中流露出的艺术，如同从臭豆腐中分解出来的食欲，都令人欲闻不能、欲罢不得，都如同旧时女人小脚布中释放出来的能令男人随风放倒的腐臭，它能倾倒男人、能制服男人，亦能将男人的感觉麻醉，最终令男人就范。

　　这就是现代的艺术，这就是现在的商业和艺术，这就是现在的艺术和商业，这就是今天。

　　今天，已不再有《天鹅湖》。

第四部分

冷言冷语说文坛

名人出书

（一）

名人出书有一种一发而不可收的感觉。

名人一般都是在最牛 X、最辉煌的时刻出书的。

莱温斯基就是在克林顿的裤子被拿去化验精液的关键时刻出书的。

是谁的裤子来着？

瞧这记性。

（二）

为一般名人写书的人被称为"枪手"。

如电影《老枪》。

为最有名的人写书的人俗称"炮兵"。

枪手加炮兵，组成了为名人向更有名的人冲锋的强大火力网，推着名人们冒着敌人的炮火向前冲去。

叮——

咚——

咣——

（三）

名人和枪炮手之间的关系如同嫖客和娼妓，一个愿打，一个愿挨。

枪手除了精通文笔之外，还要甘做无名英雄，要甘心不挡名人的彩。因为一旦枪手到处去喊"那本书可是我写的啊！"名人就会出手从后面给他一枪。

有一次一位名人令本人执笔，给他写了一本全国走红的自传，名曰《谁最牛 X》。

我写完了，写得十分精彩，而且越写越觉得最牛 X 的并不是他，而是我。

书出来后，我陪名人去开新书发布会。

记者问："到底谁最牛 X？"

名人还没来及回答，我就抢先走到话筒前，镇静地说："我。"

当然，这是一个虚构的故事，虚构的目的是想请人雇我当枪手。

（四）

最令人不解的是为何名人拿着别人为他（她）写的书，并称那是他（她）亲笔写的书时那般从容。

他们视死如归。

文字竟不如娼。

娼从没真名。"李师师"好像并非真名。那不是女人的名字。

枪手倒在自己的枪口下时，也没真名。

铺在他们尸首下的是可怜的文字和良知。

中国字和中国良知。

（五）

更令人不解的是为何一个男名人能手执一本分明是出自女人之手的书说：

"这是我亲手写的。"

那是男人在反串女人能生孩子的角儿，

并说："那孩子的脐带曾与我的身体相连。"

挺没劲的。

我真希望真的有女名人委托本人用这种笔体写出她的故事，说她如何纯情，如何热爱生活，如何女人味十足。

对，就用这种笔体写。

有想雇我当枪手的吗？

惊闻 Z 老师

在 Z 老师还没"写"完第二本书时，就惊闻 Z 老师要出一本"最牛 X、最辉煌的，而且最能腾发出帝王之气"的书（耳闻）。

在 Z 老师的书即将出来的最令人心跳的时刻，又惊闻 Z 老师之所以要出这本书，就是想向广大读者证明一个 Z 老师需用数十万字才能证明的事实，那就是 Z 老师"总比吃喝嫖赌不务正业强吧"（Z 老师语）。

在 Z 老师的书终于出来之后，才得以在那本书的封面上惊睹了 Z 老师那器宇轩昂并倚靠在鲜花丛中的帝王风采（目睹）。

但在两周前的全国图书订货会上，却又惊闻有人竟造谣说 Z 老师曾在泉城搭书卖鞋，而且有的"市民小报"（《北京青年报》）之所以敢斗胆转载那样的文章，可能是因为"有人撑了后腰"，而且其目的极有可能就是为了"破坏安定团结"（亲闻 Z 老师用语）。

紧接着，又连续惊悉 Z 老师在泉城根本就没搭书卖过鞋，而是帮助了更多的人自愿献血（Z 老师语），惊悉造谣者竟将《岁月》曲解成了《风月》。

然后，又惊闻 Z 老师除了要将造谣者绳之以法之外，更将要在春节之后"有话要说"，而 Z 老师之所以要将想说的话全放在春节之后再说，是为了让"大家"（可能是指全国人民）都能过上一个平平安安的好年（某报语）。随后，又喜闻 Z 老师在泉城果真是卖了鞋，是在有目击者的商场里卖的，而且不仅卖过鞋，还卖了酒，云云（《科学时报》载文）。

于是，被以上种种流言蜚语极端困惑了的本人，就：

1. 特别庆幸自己生活在一个因 Z 老师出书而不再发愁失血过多的年代；

2. 特想将自己余下的平凡岁月也全部改成风月；

3. 特想为 Z 老师舍身捍卫"安定团结"的大好局面；

4. 特想穿一双被名人签了名的鞋；

5. 特想喝一瓶曾屹立于畅销书上的烧酒；

6. 然后，特想跪下去乞求 Z 老师赶紧把要说的话现在就合盘说出，好能与全国人民一道过一个心里什么都没得惦记的、平安无事的大年；

7. 特想在 Z 老师还没来得急再次开口讲话之前，就索性把该活的日子全部打发完，然后毫不顾及他人安危地一命鸣呼。

不过，为了您和他人的幸福，最好还是求您现在就赶紧把一肚子的话说完吧——我敬爱的 Z 老师啊！

百年的因缘乎？姻缘乎？孤独乎？
——读《百年因缘》

（一）

读毕钟物言女士的新作《百年因缘》后仍不解为何它的书名不是"姻缘"，而是"因缘"。

物言女士解释说因缘不同于姻缘，因为因缘的"因"是佛教的"因"，姻缘的"姻"是男女关系的"姻"。

但书中恰恰写了六代男女的百年的姻缘。他们在百年中婚配了，生产了，婚配后生产后又都死了。

除了最后的一代、半代人。

随之想到了另一本书的名字，叫《百年孤独》。

没看过那本书，但知道那是一本外国人写的名著。

没看《百年孤独》，只因还没孤独到不得不与别人扎堆合看一本名为"孤独"的书的孤独地步。

却急不可待地一口气读完了《百年因缘》。

读完这本书后，原本不孤独的本人反而感到孤独起来，因为它带我从姻缘走到因缘，又走进了孤独。

从百年的姻缘。

到百年的因缘。

再到百年的孤独。

书中的中国人一代代或因因缘而结成姻缘，或不因因缘而结成姻缘，再或因姻缘而结成因缘，也因没有姻缘而结成因缘，还因没有姻缘而有了因缘。总之，他们男男女女、老老少少、婆婆媳媳、婆婆妈妈、老子婊子、婊子姑子、大姨子小姨子、大伯子小叔子地一百年来搞来搞去，折腾来折腾去，欢喜来欢喜去，风光来风光去……却最终都风干于物言女士的、用白纸黑字搭成的、纸的坟墓里了。

留下的是死亡的沉寂和出版界的喧哗。

留下的是孤独。

是百年男欢女爱的一声声噪杂呻吟后的孤独。

（二）

在六代人做爱的吟唱停息后的热闹的孤独声中，我问：

1. 没有因缘的姻缘算是姻缘吗？

2. 没有姻缘，但有了因缘之后，也算是姻缘吗？

3. 是否同时有了姻缘和因缘，就算是真正的姻缘和真正的因缘了呢？

4. 中国人的婚姻都是因因缘而姻缘的吗？

218

5．百年来何时有因缘何时有姻缘？

6．那么整个人类何时才能因缘、姻缘都有呢？

7．都有了因缘和姻缘后，人类就不再孤独了吗？

8．不孤独为何又出了《百年孤独》以及物言女士的孤独、文人的孤独和人类的孤独？

9．人死后就不再孤独了吗？就能不再有姻缘、不再有那种没有或不特有因缘的姻缘了吗？

10．英国的戴安娜王妃孤独地死了——在十几年的没有因缘的姻缘之后。她因死而孤独了，而与她的男友在天籁中姻缘了。那么罗氏、张氏、王氏以及已经被物言女士深埋于百年情爱坟墓中的那样许多的顾家男女们呢？

他们在死后、在天堂还会在孤独中苦求那有因缘的姻缘吗？

他们认识戴安娜和她的男友吗？他们共享死后的团圆或死后的孤独吗？

我孤独地想。

（三）

小时候回老家时，看到院子中一只鸡跨在另一只鸡的背上，两只鸡像城里的孩子玩骑驴游戏那样上下稳稳当当地撩着，我去问祖母，问鸡是否也会玩骑驴的把戏。

祖母说不是，说那是鸡在结婚。

那是本人第一次见到动物结婚。

二十年后读了钟女士的《百年因缘》后不由想到那个鸡的结婚场面和人类的姻缘——百年的姻缘这个十分旷世的问题上了。

想到了人的姻缘与艾滋物种的姻缘，想到了一代一时的姻缘和六代、十代、百代、一个世纪和一百个世纪的姻缘，想到了人与地球的姻缘和因缘。

国人这百年来的姻缘，按钟女士为我们记录的顾家六代人的故事，是这样一个过程：

1. 顾老太太被顾老爷一个猛子骑上后产生了家龙、家琪、家清、家成四个成果。这第一代人生活在清朝末年。

2. 后来家龙又一个猛子骑上了罗氏，家琪跨上了钟氏。这是第二代。

3. 罗氏产生的顾二、顾三又分头分时地于民国末年和抗日年间跨上了张氏、王氏、米珠、情人、嫂子、同性恋人

220

孔生和狗儿……

这是第三代。

4．第四代人开始掺进了洋人的血脉。苏联专家一个猛子跨上了顾二与张氏生的中国姑娘勤义，并由此产生了中俄合营的女儿芬儿。

这时大跃进就开始了。

5．到了第五代时——就如同中国第五代电影导演导的电影一样——他们的关系开始纷乱起来，一个宏志竟有了（按照书后的人物关系图）五个分工和功能不同的女子，分别帮他失身，帮他初恋，帮他结发，扮演他的情人，做他的续弦。

这时中国好像已经开放了。

6．第六代人的特征亦如同第六代导演导出的戏，反而开始难产和多灾多难起来。

一个发疯了，

一个早逝了，

一个被计划生育掉了。

以上是六代人的六段姻缘。六段姻缘填满了一个世纪的空间。

当写到第三代人时，第一代人已开始死亡，当写到第四代人时，第二代人开始死亡，当写到第五代人时，第三代人无论是有缘还是无缘的，无论是缘深的还是缘浅的，婚姻均已结束，只因生命已经终结。

当第三代男人女人开始相互骑跨、开始用磅礴的爆发力去创造下一代生命的时候，他们隔一代的再上一辈人已经不再相互跨越了，已经失去那种力量了，命运中等待他们的是两代人出生后他们自己情欲和生命力的枯竭。

是随后的死亡，

是一了百了，

是百年后的寂寞和孤独。

（四）

钟女士留下的是六段男女的故事。

这六段故事如果用女子的线索来勾勒，则是这样的：当了婆婆的顾老太太有了罗氏和钟氏两个媳妇，罗氏先当了十几年媳妇，又当上了张氏和王氏的婆婆。张氏当媳妇毕业后，又当上了两个儿媳妇的婆婆和一个苏联人的丈母娘……

如果这六段故事从男人的角度来看，便是一个男人先当儿子后再当丈夫、当情人、当奸夫、当嫖客，接着再当父亲、爷爷、太爷爷，然后死去。

钟女士为这个世纪留下的是一部不留创意痕记的、连贯的、自然的、中国人特有的繁衍史、命运史、情史、性史、风流史和男女关系史。

《百年因缘》的前半部是一部婆媳史，后半部是男盗女娼史。前半部尚在女人的彼此忿忿中维系着一个核状的家庭，后半世纪则四分五裂、分崩离析，男人不是被枪毙就是被抓，女的不是被强奸就是被偷。总之，后半部中记录的中国人的婚姻已不再有"因"，有"缘"，或者说不再那么求"因"、求"缘"了。

　　中国人21世纪的姻缘先是被小脚、小姑子、小老婆、小妾们扭曲了半个世纪，又被偷、被盗、被枪毙、被强奸了半个多世纪。

　　百年来中国的男人被枪毙的太多。

　　百年来中国的女人被强奸的也太多。

　　百年来中国人的婚姻史中出现了太多的畸变，中国人的百年婚姻史太错综离奇。

　　于是我又想起了老家院子中那两只从容不迫地、不惊不慌地举行着婚姻仪式的大白花鸡。

　　它们虽已死了，但似乎它们的婚姻比百年中在被枪毙和被强奸的惧怕中，挣扎着骑上骑下的中国人的婚姻命运要更坦然、更从容，而且并不那么孤独，因为至少当时有本人在场。

（五）

《百年因缘》成于 20 世纪最后的几十天。

写的是一百年的男欢女爱。

这本书中的许多故事只会发生在这个世纪，或已在这个世纪中终结。

女人的小脚没了；

小妾、二房、三房没了；

公开的妓院没了；

苏联专家撤走了；

夫妻不再结发了；

领导不再派对了；

弦——也不再续了。

取而代之的是 21 世纪初露倪端或刚刚走上台面的：

小姐、三陪、同性恋人，以及计划生育。

百年因缘也罢，姻缘也罢，红楼也罢，红城也罢，是梦也罢，是真也罢，有爱也罢，无爱也罢，都起始于女人的小脚，终止于计划生育。

（六）

这是一部人类交配和生育的百年断代史。

此书的价值，无论是伦理学意义上的、性学意义上的、社会学意义上的、文学意义上的、史学意义上的、民俗学意义上的，都将与它的书名一样，以百年计。它纪录的是 20 世纪因果上的两性交际史，它的保存意义在于下一世纪或下下世纪，因为那时人类翻到它时，将知道何谓女人的小脚，何为三妻四妾，为何不再三房而又三陪，为何小姐不再敢公开卖淫，为何大家都计划着生育。

写小脚、写婆媳、写男盗女娼之书随处可见，但以百年之规模、百年之视角、百年之心态、百年之情怀、百年之家族的实例，以贯穿百年之逻辑关系、人文关系，以百年汹涌激流之血脉，用不受百年之外界动荡影响的女性特有的细腻和平静，并于百年之末成书的百年之书，中国 20 世纪仅此一部。

物言女士用的是百年之笔，

代的是百年之笔，

为百年之内消亡的为情而死的孤魂们，

祭奠他们此刻的孤独。

（七）

书中的顾三是个 Bi-sexual——一个对两性都有兴趣的男子。

这是我所知道的中文小说中的第一个 Bi-sexual。

"Bi"在拉丁语中是表示"双重"的意思的词头，安在 Cycle（轮子）上就叫双轮自行车，放在 Sex（性）上就叫双性爱好者。

北美征婚广告栏目中有专门的一栏，就叫 Bi-sexual。

既找男的，也找女的。

20 世纪临近终点的国人也已不再小脚、不再小叔子或小姑子了，也已进入容忍双轱辘自行车式情爱的时代了。

这点美国人比中国人早了些，早已经大方上报了。

中国人对 Bi-sexual 式情爱的文学记录却从一部《百年因缘》起始。

从这一点上来说，物言女士是孤独的记录者。

（八）

中国人的男欢女爱——根据这本书的记录——已经在 20 世纪 90 年代后期进入了快餐式、麦当劳式、肯德基式、狗不理包子式的一次性、环保式情爱了。

226

由于 19 世纪国人三妻四妾太多，外加偷情，20 世纪末我国已经不得不计划着生育了。

计划的结果是理论上百分之五十的女人再无缘当婆婆——因为她们将不会有儿子。

21 世纪的中国人已不会再有 20 世纪这许多的婆媳式的烦恼，因为 21 世纪的顾二、顾三们再也得不到那许多的妻妾了。

因为我们只有一男或一女。

21 世纪将是单极婚配的世纪——虽然可能是快餐式、一次性的。

从这层意义上说物言女士留下的这本因缘史将会成为古玩。

有珍藏和回味意味的古玩。

只因它是连续式、追忆式的和基于真实的。

是独特的。

（九）

人类是跃跃欲试着进入 20 世纪的，却在孤独中反思。中国人感到孤独，外国人也孤独，要不怎会有孤独地生活在以女王为婆婆的英国皇宫里的戴安娜？怎会有外国人写的和中国人读的《百年孤独》呢？

人类以不到二十亿的数量进入 20 世纪，以六十亿之众跨入下个百年的门槛。

　　用了六代人的生命、六代人的情爱、六代人的交配、六代人的遗憾和六代人的坟墓。此时这个一千年马上就过去，踩着六十代人的生命、情爱、交配、遗憾和坟墓。

　　孤独的六十亿人。

　　在孤独中爱恋着的三十亿男人和三十亿女人。

　　被孤独了的世纪末的人类。

余华的"高潮"

（一）

开始看余华的新作《高潮》的书名时，竟误以为是一本淫书，后来细看了一下，才知道余华的"高潮"是因音乐而引发的情感的"高潮"，而不是两性间剧烈运动而产生的"高潮"。

误会了。

真对不住。

（二）

其实这种误会可能是书名《高潮》引起的，可能余华在做这本有关音乐的书时，也感到了类似性高潮式的快意和陶醉，也触摸到了灵魂深处最激越的敏感地带，也因此而兴奋了一番，振荡了一番，忘形了一番，忘我了一番，情不自禁地放荡了一番。

当然，这里是指思维的忘我、忘形和放荡。

（三）

余华在执笔之前是执刀的，是医生。中国的文化人中有那么一大批人——如鲁迅、毕淑敏，他们的手，都曾是执过刀的，又如孙文。孙文虽非狭义上的文人，但他也是做文章的，只不过他做的文章太大了一些，名为"三民主义"。

与以前那些曾经操刀的文人不同的是，余华曾经操过的是补牙的刀。据说他曾是牙医，他割的是虫牙，而不是蛔虫，他动的是人口的手术，而不是开膛破肚的手术。后来他借用那同样锋利的刀，又去开人的脑、人的灵魂、人的感知、人的感觉叹因那把刀的锋太利，与人的利齿和颅骨较劲时发出的声音太刺耳，他便在开刀的时候加进了能使被宰割的肚子、脑子和灵魂被麻醉、被麻痹而失去痛感的音乐。

读余华的作品如听音乐，

听音乐时如读余华的作品，

余华的作品是用谱子写成的，

他书中跳跃的是五线的音符。

（四）

语言与音乐如一腹中的两胎，而且是混着出世的，语言是男孩，音乐是女孩。

文学是用语言捏成的，语言是肉，拼起来就成了带有艺术性的文学了。

岂止是文学、音乐，一切艺术都是一腹中产下的多胎，连结它们的是一部分人类共同拥有的、带有黏性的血浆，或曰人对艺术的"通感"。这种"通感"能够使一切能被称之为"艺术"的东西串通起来。于是，便有了用补牙艺术修理人脑的余华，便有了从平静地"活着"到活到"高潮"的余华，便有了以写乐章的笔法写小说的余华，便有了能使人听出散不尽的余音的余华的小说，便有了他对西方音乐那富于通性的感悟、对西方音乐那近乎痴情的迷恋，以及鲁迅、毕淑敏、孙文等许多曾经操刀的文人笔下的那许多不朽的文章。

小至小说，

中至檄文，

大至建国方略。

都是文章，

都来自于那黏稠的血浆，

都来自于那跳蹭的"通感"，

和那份感情。

莫扎特的感情和余华感情的通感，

门德尔松的感情和余华感情的通感，

中国人的感情和西方感情的通感，

男人和男人间的通感，

艺人和艺人间的通感，

古人和今人间的通感，

牙医和钢琴师间的通感，

以及笔者和余华、门德尔松、莫扎特、牙医、外科医生、给国家开刀的、给国人的灵魂开刀的、给动物开刀的、被开刀的国人和动物、人类与动物世界间一系列的"通感"——共通的感觉。

这种古今中外种种感觉相加起来就是余华《高潮》中的"高潮"，就是人类思维空间中敏感地带的"高潮"，就是本世纪初又一文人涉足音乐、发掘音乐、与音乐共融一体后，所应引发的又一个艺术界应为之欣喜、为之欣慰、为之报以久违的敬意的"高潮"。

金圣叹的头

（一）

读覃贤茂《金圣叹评传》。

金圣叹的那一颗头是在 300 年前被砍下去的，
用刀。

飞快的刀。

可叹那颗头，五十才有四的那颗头，巨星的头，才子的
头，文人的头，良知的头，中国人的头，汉族人的头，学者
的头，坚硬的、充盈着才气、智慧及文采的沉重的头。

被那快刀、片刀、斧式的刀、清人的刀、皇家的刀、政
府的刀、众人的刀——

一下子，就那么，

砍了，

掉了，

落了，

没了。

（二）

本来想趁春节的长假写几篇狗屁一类的文章，以飨不知名不知姓不知情的读者，却无意在北京音乐厅的万圣书店中翻得了这本被多人翻看、被众人印上了黑色的指纹之后，又被众人丢弃于书堆中的书。

覃贤茂的《金圣叹评传》。

1997年版的，四川人出的，只印了5000本的，写了10年的书。

就再也无心思写什么供众多假想读者们阅读的狗屁文章了。

因为已无心情提笔。

写金圣叹的书才有5000的读者——在13亿之众的中国，谁人还有心、有脸、有勇气再写下去呢？

啊？！

（三）

一向不信神，却信有天才；一向不信皇帝，却信有天才；一向不信有坏人，却信有天才。

瞧，金圣叹就是天才，金圣叹想以毕生之才气评的所有书的作者，他们是庄子、屈原、司马迁、杜甫、施耐庵、王实甫，都是天才。

与鬼气有染的天赋的才子。

中国本无神，却有他们。

中国本无上帝，却有他们。

中国本无文采，却有他们。

中国本是空色的，却有他们。

中国本无大写的、脚踩大地头顶天空的存在，却有他们。

外加金圣叹。

点评天才的天才。

金圣叹点评《水浒》却再写《水浒》，金圣叹点评《西厢》却再唱《西厢》，金圣叹吟诵杜诗却再显杜甫之魂，金圣叹分解唐诗却再出唐诗。

在几百年后，在已无《水浒》的好汉、已无《西厢》的风流、已无杜甫的慈悲、已无唐人气质了的明末清初。

（四）

覃贤茂先生可敬，覃贤茂先生可叹，可与金圣叹一同叹，一同思，一同哭，一同在文字中风流，一同复古，一同再造天才、再见天才、再哭天才。在没了好汉，没了风流，没了慈悲，没了气质，更没了金圣叹的今天。

因为那颗头已被砍。

因为那颗心已化作仙。

因为那股才气已随风、随血、随 300 年而没了。

因为那刀太快。

因为那人太狠。

因为那人，那刀……

太缺德。

（五）

中国本无太多的天才。

或许中国的"天才"太多。

中国的太多的"天才"太爱用刀去砍另一些本不该杀的天性。

用刀，用"天才"的手段，用"天才"的杀人之手，用"天才"的杀人之心、之情绪，去砍那些真正天才的根部（指司马迁），去割那些真正天才的头颈，去砍文明，去割文明，去犯罪。

金圣叹的头值千百万空白的头。

金圣叹的"才"值千百万杀人者的"才"。金圣叹的头本应万古长青，被用作续评《水浒》，续评《西厢》，被用作评完《离骚》，评完《庄子》，被用作评完人性和天地良心。

（六）

不相信上帝，却相信天才。

相信天才，更相信天只造一个天才，用一种天功，用一块天上取下的材料。

可叹圣叹之头已断。

可叹天上的材料已用尽。

可叹再无塑造圣叹之才的天公的才气和耐心。

可叹天公已死。

可叹春节的长假已过。

可叹又要去上班。

可叹该吃饭了。

用这颗本该属圣叹的头。

没电了的新新人类
——读陈薇的《爱情不插电》

（一）

　　自古"爱情"者，男女两性、阴阳二者全方位碰撞后所产生之巨流也，巨浪也，巨光、巨风暴也，而陈薇的新作《爱情不插电》却偏偏不让身处阴阳二极的男女使劲儿地冲撞、使劲儿地交汇、使劲儿地放光。她不给他们供电，她给"爱情"拔了插销，她让她笔下的男男女女、新新人类们短路了。

　　于是就黑了。

　　于是就没巨流、巨浪、巨光和巨风暴了。

　　于是新新人类们的爱情也就没戏了。

（二）

　　自古女子嫁鸡者，随鸡也；嫁狗者，随狗也，唯陈薇和她笔下的少男少女们不然，她——姚叶（书中女子）既想嫁有妇之夫，又想与小男人交欢，既想坐大男人的大奔驰，又想骑小男人的小宝马，既想嫁鸡又想随狗。天下岂有鸡狗同嫁之理！莫非想乱伦吗？

反了你们——新新人类们！

（三）

在国人中，本人是最早知道"新人类"一词的极少数人之一。

"新人类"一词最早流行于 20 世纪 80 年代初的日本。

1985 年的一天，本人到东京的一家日本公司去报到，我的上司手指我面前的一位少女，说："看她，像不像新人类？"

只见一少女，如陈薇和姚叶小姐般妙龄的、将眼皮涂成了深蓝色外加了点金粉色的女孩，就站在我的面前，于是我心说："这真是人类吗？"

自古人类有白种、黄种、黑种、红种之分，但本人首次发现了蓝种人。

而我却分明被告之，她，就是市面上流行的"新人类"。

随后，又在银座目击到了"新新人类"——一小撮将头发染黄了的少男少女们。

按年龄推断，那年陈薇和她笔下的中国的新新人类们才刚满十岁，还不应懂得爱情，还没"带电"，更不用说被"插电"或"断电"了。

那时的北京很黑——在夜空中，那时的银座很亮——在夜空中，那时的中国尚有爱情——带电的爱情。

（四）

现在京城四处流行一种新式电子游戏，叫作"魔毯"。

凡是在那上面目中无人地既蹦又跳的少男少女们，便都是陈薇书中所描绘的"新新人类"。

他们大都是在 25 岁以下。

上去跳的也有 25 岁以上的"新人类"们，但因均已开始肥胖，总是会慢跳半拍。

我看能跳魔毯舞绝不应该作为新新人类们挑战我们这类中年人的筹码，因为倘若她们的曾祖母站在同样的魔毯上，用同样的动作跳动的话，肯定会比她们显得更有魅力——那时的妇女都有三寸金莲！

新新人类在舞姿上远不及一个世纪前的小脚老太太。

更不要说思想境界。

（五）

眼下陈薇和她笔下的那些不服气的少男少女们都正与本

人、半新不旧的大男大女们同看着《保尔》。

我们之间相隔着一条半代的代沟。

我们大男大女们的身上，还有半个保尔，还可重塑。

他们少男少女们的身上，却只有半个迈克尔·杰克逊。

想将保尔转塑成迈克尔并不难，红军也会连蹦带跳，但如想将作为新新人类象征的、不男不女的迈克尔·杰克逊塑造成钢铁般的保尔·柯察金，则需让列宁再重演一次"在一九一八式"的革命。

新人类已无保尔之基因；

新人类已无保尔之时代；

新人类已无保尔、冬妮娅、丽达式带高压电的激情；

新人类已经被陈薇的文章断电；

新人类没交流电；

新人类身上只有静电。

新人类的爱情是静电式的，是小磕小碰的，是在床上脱衣脱裤蹭出来的，是不见光不见火不见雷鸣不见电闪不见风暴不见大彻大悟不见大喜大悲大哭大闹的没劲的小打小闹的爱情。

是蓝眼皮蓝调外加小白领的小家子气的爱情。

是没有天空的蓝色和云彩的白色的爱情。

本人的这一代人生长在阳光曾经灿烂过的、曾蓝过天白过云的北京，而我们的蓝色的小弟小妹或小侄女们，却头顶着一个阴霾的、5级空气污染的大黑锅盖残喘。

中年的国人有中年的骄傲。中年的国人曾受过血染的风采的洗礼，曾脚踩过大地，曾手抓过雷电，曾随父辈们触摸过巨大的社会变革的电流，曾有过保尔、冬妮娅、丽达式需用"交流电"才能贯彻的情爱。中年的国人无须新人类式的美酒加咖啡和汽车洋房也能谈情说爱，也能生孩子，也能计划着生育，也能享受人生，也能体验风流，也能偶尔倜傥一下，也能如陈薇这一代人那样在情感上DIY（Do it yourself）。

弟兄们尚未老。

弟兄们尚未如新新人类所说的已经退出历史舞台。

爷爷和太爷爷们还没全退，

你们让叔叔们往哪儿退？

啊？

半条代沟啊！

半条代沟！

（六）

20世纪的中国起始于被列强之侵略，起始于保尔式的英雄气概，却终止于蓝调的商品社会，终止于没电、没激情、没格调却只有静电的、由新新人类唱主角的、软了吧唧、不痛不痒、连电源插座都没有的姚叶式的"爱情"。

20世纪中国人造就了两三代保尔，革了两三代人的命，当了两三代的布尔什维克，却在世纪末生产下了这许多新新人类们：

——非布尔什维克化了的新新人类们；

——小布尔乔亚或大布尔乔亚化了的新新人类们；

——又"变修"了的新新人类们。

祖父和曾祖父都是革命的保尔，

孙女和重孙女们又都成了不革命的冬妮娅。

这就是轮回，

和天数。

这就是天大的——笑话。

（七）

何为酷也？

是乘张路加（书中有妇之夫）的奔驰酷还是乘保尔·柯

察金的战马酷？

我看抱着保尔的后腰并顶着冲锋枪的子弹冲锋要远酷于抱着开奔驰的小老板的后腰私奔。前者保尔中弹尚可继续冲锋，后者司机走神会车毁人亡。

我看还是信共产主义好。

新新人类们的悲剧在于已没机会抱保尔式英雄的后腰了，因为天下已经太平，因为已没了孟什维克和白匪，因为已经没了战争和血色的年代，因为世纪末已过，因为时代已全被 IT 化了，因为网虫已经成灾，因为，连接大地地线的爱的电源已经失灵。

可怜的陈薇笔下的那几个已没地气可接了的新新人类的少男少女们。

可怜那匹已经老死了的保尔的白色战马。

可怜的所有的新人类、新新人类，以及由此以后以 n 次方计数的无数再下一代、再下下代的新新和新新新新新的人类们……

可怜陈薇的那支只有 25 岁妙龄却可写出 24 条恋爱妙计的、如精灵和罂粟花朵般带有鬼气和绝艳的文笔。

可怜她和他们的那一番不带电的、缠绵的情感。

可怜的从今往后的爱情……

可惜，已无原状的天空和大地。

可惜，已无人类原始爱恋之情怀。

244

可惜，从此再也没电了。

可惜，此刻，天全都黑了。

书 痴

（一）

午后在北图的多功能厅听了一场由著名学者张隆溪先生主讲的学术研讨会，主题为《中国语言与东西文化比较研究》。

在离开学校之后，已经多年未听过由知名学者主讲的学术性极强的讲座了。

所以受益匪浅，而不是"非"浅。

别管应是"匪浅"，还"非浅"，都是"不深"的意思，倘若是俗人或知识不丰富的人，便会老老实实地将"不深"说成"不深"或者"深的不是"——按照日本太君的说话方式。但到了那些读了一辈子书的专家学者们手里，"不深"便不幸地成了"匪浅"或"非浅"。到底该是"匪浅"，还是"非浅"，就值得他们再读一辈子或两三辈子书，然后再下结论或再接着无休止地争议下去了。

那便是读书人的职业。

那便是读书读得太多了的人士们的习性。

博士们可能就是在争议到底是"匪浅"还是"非浅"的非凡的争议的需求之中，一个个诞生出来的吧。

因此，书不可不读，也不可读得太多，因为书读得太多了的话，人也就变傻了，而且会挺顺理成章地变傻。

专家学者们由于读书太多，所以就变得特别可爱。他们可爱得说什么都不对，可爱得想说什么对什么就对，可爱得只要想说什么对什么就肯定对、就必须对，而且对得合情合理，对得无懈可击，因为他们要想证明什么对时，他们便可从肚子中搬出读过的一百本或一千本书来证明——那是对的！

相反，当他们想证明——如果需要证明——刚被他们证明的对的东西又不对了，他们也同样能从腹中再排泄出一百本或一千本相反的书来证明那是不对的。

这可就不好办了。

这可就不好对付了。

这可就活气死人了。

所以我不用翻书，便可以有十分把握地说："他们都是白痴！"

也就是"书痴"。

（二）

本人只是半个"书痴"，因为本人只是个硕士，本人还不是个博士。

硕士是半个傻瓜，是半傻，硕士要再奋斗三到四年，才能达到博士、达到全傻的境界。所以革命尚未成功，所以本人也尚需努力。

而人家张隆溪先生早就已经是博士了，而且还是从哈佛获得的，是美式的博士，是美式的傻瓜。

本人虽然能望尘，却莫及。

以上是在做半傻式的文字游戏，请张先生不要真生气。

爱生真气的，便不是真博士，便失去学者的风范，便是同半傻半痴的本人一般见识了。

（三）

本人在努力拿学士学位的时候，也就是在二十年前的时候，就不幸染上了与博士臭气相近的傻气，具体表现为什么书都看，而且都信以为真。用旁观人的冷静的眼光来看，就是惯于用第二本书的理论使劲批判第一本书的理论，然后再用第三本书的理论狠狠驳批第二本书的理论，如此类推。

据粗略统计，至今本人已经读到第一万本书了，也就是读到能用第一万本书的理论无情反驳第九千九百九十九本书（而不是玫瑰）的地步了。但即使是这样，与张隆溪博士相比，俺也还只是小巫见大巫，因为人家已经能够用读过的第一百万本书中的理论，来反驳他刚刚读完的第九十九万九千九百九十九本书（而不是玫瑰）中的理论了！

你看人家牛不牛！

你看人家火不火、酷不酷！

你看人家，

到底比俺，

傻不傻！

我早就告诉过你嘛！

不服就是不行！

以上是一不留神，又幽了张博士一默。

（四）

在张隆溪博士用一个多钟点的时间大幅度地、一本正经地介绍了一大堆美国汉学家的名字以及他们那些颇具特色的理论之后，在场的听众对张博士学术的渊博程度就更加地肃然起敬了 ——至少本人如此。真没想到在美国人之中也有那么多人放着科索沃的危机、古巴和印尼可能或正在进行之中的危机不管，而置之不理、视而不见，却抽身来花时间研究汉学，来讨论那些中国人自己研究了几千年最终也没说出个所以然的什么是"道"、什么是"天"、什么是"自然"的问题。这使本人由衷地感动了，由衷地对用着同样的热情介绍研究中国的美国人的张博士的治学精神大感敬佩。本人边听边感到受到了十分"匪浅"，而不是"非浅"的"益"，直到一个貌似无知的半大小子从听众席上站起，大声发表起了对张博士的长篇大论十分不以为然的观点，说为何一个如中国的泱泱大国的语言文字的调子，要由像欧文（张博士列举的一位美国著名的汉学家）一类的对中国屁都不懂的、所谓的美国的汉学家来定，这简直是中国学者的耻辱！

这孩子说着还真的激动了起来！

这时场上的气氛便"噌"地进入了高潮，大家一致感受到了学术争论的兴奋。

张博士开始回答那位愣头小子的问题了，但他的回答使本人也开始发愣，他是这样说的：

"其实那个著名的欧文跟我挺熟的。说实在的，其实他们那帮美国人懂什么中国文化呀？！当然，这种话是不能在大庭广众下说的！"

…………

听完这几句话后，我用眼睛替张博士在大厅内警惕地搜寻了一下，发现来听课的都是中国人，而没有一个美国人。

我这才放下了一颗半悬的心，之后便有了那么一点儿小小的遗憾：原来这个张博士特意从香港不远千里飞来介绍的、整得咱这一大屋子中国人猛烈讨论了一大下午的美国汉字家欧文，他娘的是个屁也不懂的家伙！

也论小人

（一）

这个大千的世界的一半是由小人构成的，这是一个由小人支撑着的星球，当小人的总数超过人类总数目的多半时，这个地球便成了毛泽东诗中的"小小寰球"了。毛泽东眼中的这个小小的寰球，既有几只苍蝇也有几只臭虫，臭虫和苍蝇在嗡嗡的叫声中占领着这个小小的在太空之中旋转着的世界。

咳，小人啊，小人！

（二）

余秋雨老师，是本人记忆中第一个用论文的形式谈小人、大论小人的作家。

余老师在批评并臭骂小人的时侯竟然也用了与小人雷同的笔法和风格。中国的人们竟然都被秋雨老师给看清并批驳了，中国也就没有一个能与小人逃脱干系的人了。

余老师对小人的描述在我的印象中——完全是出自曾经与小人同室操戈并同台共舞的内部知情者之手，所以难为他能对小人的心境做出那般准确无误的描述。

那真的是动用了立志为君子之师的余老师的一番苦心。

罪过，本来想与小人理论，为何又在笔端下拽出了余老师，真是哪壶不开提哪壶，真是无心插柳柳成荫。

余老师原本就是那已开了的一壶，何必又要提他。

就权且让他开着罢。

并让他冒着火火的蒸气。

（三）

接下来可真开说小人了。

小人是君子之父，没有小人哪生得出那许多——当然包括本人——的君子来。

本人乃君子也（在本人的心目中），那厮（也指本人）才是小人呢（在小人眼中）。

所以这个飞转的地球上，到底孰为小人、孰为君子，也倒真说不清楚——当然，除了余老师之外。

恐怕也只有余老师一人能指出谁是真小人谁是假小人，也只有余老师一人能对大地上游动着的一切活物说："我不是小人！"并拍着坚硬的胸脯。

所以本人亦是小人，又是君子，本人亦是人，又不是人，这世间除了余老师那种公然与曾经与小人同过台的历史绝裂的人，其他一切群众（甚至包括领袖）也都既是小人，又不是小人，既干过君子的正经之事，又玩过小人的雕虫小计。

否则——否则什么呢，你我他，你们我们他们，既不可能活到今天今时今刻，也无法读到余老师的文章，并还产生出那么一点点与小人同调的共鸣了。

说来说去说了这么多，还是没将小人的事给说清，反而开始想撒尿了，还要赶紧去找个就近的厕所。哦，对了，是人只要一想到上厕所，便已不是君子了，因为没见过一个猴急着想上厕所的君子。余老师就从未公然上过厕所——至少在电视上和公共场合里。人一到了关键时刻，连余老师那么像君子的人也兴许会找棵树背着别人撒尿。

对了，可能小人与君子的唯一区别——广大群众和余老师的唯一区别，就在于余老师只有在千钧一发的时候，才会想到要找棵树，并背着人撒尿。

本人则不，本人实在再也憋不住，本人实在再也没心忍、再接着用笑与小人计较了，本人此时得立即起身而去……

（于是齐天大便扔下与小人作战的笔，一个猛子冲向了湖堤……）

尾声：当齐天大在走投无路之时终于在西湖边找到一家看似配有厕所的冷饮店，他问前台女子是否有厕所，女子答曰："有。"天大问："我是否可以上？"并显出要拼命的急切状，女子迟疑地答到："可以，但你必须先在本店消费。"但天大此时身无分文，为了先上那个厕所，天大便说："我是否可先上了厕所，之后再消费？"女子迟疑了一阵子，说："可……以。"

天大上完厕所从后门走出之后懂得了何为先君子后小人的道理。

他为了不当小人当君子、不在西湖边的树荫后尿尿，就动用谎言欺骗了将他误当君子的店女子。

文人斗嘴如斗鸡斗狗

（一）

在已经彻底不是旧社会的今天，已经很少看到斗鸡之心惊肉跳和斗鸡时的生龙活虎了，却能时不时看到、听到文人之间的如斗鸡的争斗，以及文人在打笔墨官司时如公鸡母鸡般的骁勇，更有，文人之间如斗狗时的汪汪声。

听——咯！咯！

（二）

近几年最轰动文坛的文人之争，当属余杰和余秋雨二文人之间有关余秋雨在"文革"中是否有罪、是否值得向全社会公开忏悔的所谓的"二余之争"了。

余杰坚持说余秋雨有罪并应该忏悔，而且要在他的有生之年赶紧忏悔，要不就来不及了！

余秋雨坚持说余杰年龄太小，尚不足以成熟到理解"文革"，并坚持说"文革"也不是他发动的，所以没什么好忏悔的，并确确实实地：俺不但有生之年忏悔不了，就连俺死后也决不忏悔！

"不忏悔就是不忏悔嘛！"老余说。

"你要是不忏悔的话，我就……"小余说。

"就要干嘛？"——全国人民抬头观望，跟望流星稀月似的。

但最终也没斗出来个结果——他们俩个。

尽管那劲头特像斗鸡和斗狗。

当然，他们非鸡非狗，而只是两个文人。

（三）

在现代文坛上，鲁迅先生属于最敢斗的那种文人了。

鲁迅在文坛上尤如一只有着赤冠、健硕的大芦花鸡，见哪个啄哪个，而且场场博得头彩和掌声，因为他极会斗也极能斗，他斗郭沫若，他斗梁实秋，他斗四条汉子，还有，斗那些若干年后也都被冠以伟大的文豪或文坛泰斗名号的文坛巨星们。总之，鲁迅是够能斗的。总之，鲁迅是一个够能作战的文坛斗士。当然，无人会怀疑，鲁迅更是个彻彻底底正正经经的文人，尽管那些与他相斗相争的对手们也全是文人。

文坛也如戏台，台上既要有旦角，如梅兰芳，又要有丑角，如那个王朔，又要有男扮女装显斯文的，如余秋雨，更要有手提铜锤见人便砸的，如余杰、鲁迅。这些花旦、老旦、老生、小丑、武生相加起来，再配上相应的鼓点，便建成了一戏台，便搭起了文坛了。

唱京戏、听京戏最怕的是寂寞，《红灯记》中如果只有李玉和，而没有鸠山，也就没什么看头了，否则李玉和如何赴宴斗鸠山呢？同样，如果三国中只有曹操，而没有诸葛亮、刘备以及张飞，便成了"一国演义"，也便没劲了。文坛也是一样，王朔如果一口咬的不是金庸，而是自己身上的毛，便也显得中国文坛只有小丑，而没有大巫了。观众（读者）看不到戏，或者看不到压台的好戏，便会对看文坛上演的戏失去兴趣，便会不再读书，不再看报，转而去看真正的京戏或到电视上看美国人轰炸科索沃去了，因为观众们是需要看看打斗的戏的。因此文坛如果想与影坛、戏坛或拳坛甚至体坛、月坛、天坛、先农坛争夺观众（读者），就必须养得起、供得起、伺候得起那么几只（几位）能咬善斗并且奋不顾身的，否则文坛上便没好戏唱了，便会被鸠山抢了头彩。

所以没有"斗鸡斗狗"的文坛是一个十分可怕的、已经处于散架撒火没戏好唱的、要倒闭的文坛。

那倒的确是挺令人担忧的。

（五）

文坛上的武打从不玩真的，使的都是台上木制的铜锤，跟演京戏似的。如果哪天在长安大戏院看京戏时，发现一个人用真的铜制的大锤凶狠地朝跑龙套的演员头上一锤砸下去的话，那则是戏剧界的悲哀。

文坛的打斗也不应玩真的，如果哪天王朔用手枪进攻金庸，金庸用开了刃的真刀回应，或者余杰用贫铀弹炮击余秋雨、鲁迅用真子弹偷袭梁实秋的话，那也就没戏好看了，那也不是文坛该有的战争了，那样倒还不如看真的斗鸡斗狗，或去到科索沃、阿富汗去看真的美国飞机甩炸弹。因此说文坛上的戏一定要体现出文坛的特色，一定要突出那个"文"字，而不应该上演武戏。看武戏应到战场上看，而不应寄希望于文坛。文人亦如此，文人打架最好用脑力，而不该用武力，否则便是不伦不类，便不如鸡狗般高尚。因为鸡狗打架时非常清楚不该犯规，不该在斗不过对方的鸡或狗时，去与对面养鸡养狗的主人一决雌雄，因为它们知道它们根本就不是那些主人的对手——如果那些养鸡狗的人也真的急了的话。

（六）

　　文坛打架亦有文坛打架的规则，就是一路文人与一路文人打，高手与高手打，水准低的与水准低的打，男文人同男文人斗，女文人与女文人争，如果与以上规则相反，那则是戏外之戏，话中更有话了。

　　比如说，理论文人余杰向同是理论文人的余秋雨开炮，是因为他二人不仅文风相近，而且都姓余，那便属同类之争。比如诗人与诗人相争，理论家与理论家相斗，名人与名人互比高低，都是文坛上正常范围内的争斗。这类的争斗虽颇有看头，但仍属情理之中，就如看打拳似的，重量级打重量级的，轻量级打轻量级的，男拳王打男拳王，女拳王打女拳王……体坛如此，文坛亦是如此。

　　但这些架都不好看，因为尚未有反情理之场景，尚在观众的意料之中。好看的文坛上的戏，正如斗鸡与斗狗一般，应该是那些本不该发生的、大大出人意料的戏，比如哪只公鸡不与公鸡斗而向母鸡挑战，或扑向母鸡的主人，并要与之硬拼，或如母狗与公鸡恋战，再或母狗弃与母狗的决斗而去追求公鸡。以上都是远远超出情理之外的，正所谓不伦不类，而且出现的概率极低，低到了百年未遇，低到了人人不敢相信，低到了要上报刊头版头条的程度，所以便好看了！

　　文坛上最好看的戏就是这种超出游戏规则的、由违反常规的文人演出的戏。这类的戏虽不多，虽不常演，但演起来便会成为大戏，便会招来众人如同看公鸡智斗母狗的目光。

这类的戏，如：

1．写小说的大骂诗人。

2．诗人大骂写小说的。

3．成年作家专骂未成年作家。

4．未成年作家大骂成年作家。

5．只嘲讽女作家的男性作家。

6．只批判男作家的女作家。

7．写抒情散文诗的文人嘲讽只为报纸《天气预报》栏目撰稿的文人。

8．现代文人嘲讽古代文人。

……………

哦，忘了还有第9种：专写黄色文学的女作家破口大骂专为政府日报写社论的文人，说他们恬不知耻！

以上种种都是十分有看头的、超常规的文坛戏剧。

还有一类文人所演的戏也颇具戏剧色彩。那就是名分已颇高，高到了能够四面出击、四面树敌之程度的文人，而且这类文人天性好斗，天性中本来就具备想上台与任何人格斗的强烈欲望。他们天生就好打架，而且就怕没人在旁围观，因此他们演出的戏便极为好看。

比如，王朔在文坛上之所以打得好看，就在于他见谁斗谁，就在于他不懂什么就愣使劲批判什么，就在于他看什么人老实就骂谁，甚至大骂哑巴，并且不允许哑巴还口，更不许女人出拳还击。

鲁迅亦是个始终抡圆了、时刻准备全方位出击的拳手。

由此也招来了王朔几十年后的反击，遗憾的是中国文坛上未能演出一场鲁迅与王朔的跨世纪之战，否则迷恋小燕子和《还珠格格》的青年们也不至如此猖獗。

（七）

文人在文坛上的争斗，除了好玩之外，还会斗出智慧来。

文人之争斗也不失为智慧之斗也。

文人是一朝一代的舌头，顶级文人更拥有一个时代的顶级的识辨能力，所以文人间的争斗从下层说形同斗鸡斗狗，从上层论则是社会代表不同路数的灵魂载体的人的真本事的表现和较量，并从这种较量中合并出一代文人的文思、文章、文风，以及思想、思路，外加人格人品之本色、之精华、之闪光耀眼之处，之敏锐、之成熟、之值得玩的地方。

没有对手的鸡难成雄鸡。

没有敌人的狗当不好猎犬。

没有反方的哲人亦无从谋辩。

同理，若文人不争、不会争、不善争，不会在争斗中完善自己、完善对方便不是个有灵有智有趣的文人。

令人作呕的讴歌
——戏评齐天大的《马桶三部曲》

齐天大以 70 万字炮制而出的新作《马桶三部曲》之所以会令人读起来愤然作呕，不是因为别的，而是因为他这次用足吸了血的汉字所尽情讴歌的是马桶。

曾以语言赏析随笔集《妈妈的舌头》混入文坛、号称仅人类语言就精通有二十几种之多的、这个来历不明的齐天大，不去用70万汉字讴歌祖国的大好形势或世界发展的大潮流，不去讴歌国家队在世界杯光荣出线，不去讴歌中国一脚跨入WTO，不去讴歌我们申奥的一举成功，却偏偏讴歌了马桶。

这不得不令本人及他的广大读者们三思和深思——尽管他齐天大现在或将来都不该拥有用"广大"一词来形容的读者。

他分明在做梦！

齐天大对马桶——这个普天下人皆知、皆用或皆想用的道具所要求和所期待的，似乎过高、过于迫切、过于剃头挑子一头热。他居然野心勃勃地想用他那猴子般野性和放荡不羁的文笔，编出一个马桶王国、一个马桶世界和一个马桶春梦来，仅凭他那同是介乎于人猴之间、理性和非理性之间、好人和坏人之间、正常人和非正常人之间的小脑？

他分明在胡思！

何况，齐天大那杆"猴笔"中流出的词句本身，也是如马桶和下水一般不卫生的。比如，他竟将原本美好的"香格里拉"写成了"臭格里拉"，将"松下幸之助"演绎成了"松下不幸之助"，将原本五星级的 WC，写成了"天闻馆"和"凡尔赛宫"，更有将英国绅士夸张成了马桶贩子，将著名和尚说成了女厕所的保镖，等等。

他用心分明毒！

总之、一言以蔽之、概而论之、抓其要害而综合之，在大笑着读完、品完他用 70 万居心不良的文字构筑而成的《马桶三部曲》后，在我"胡朔"——一个著名书评家的眼中、耳中和心中的齐天大，是个下三路的、名永不该见经传的、该令他的全体读者先作一番大呕，再痛思痛想痛惦记一番的人物！

就让我们先狂吐一气，再狂想一气，之后再齐声向齐天大讨还公道，说："你赔我马桶——'美国总统牌'马桶！"吧！

——胡朔

第五部分

好心好意讲故事

银 鱼
——自然的故事

（一）

真没想到北戴河人民这么热情，欢迎本人跟当年欢迎解放军似的。

火车一停我便被热情的人民包围住了。

"到我家去住吧！"

"我们离海边最近！"

"坐我的车不？"

"唉呀，你还客气什么，快跟我走吧！"

——他们极其热情地说。

我内心十分感动！我想如果他们的店会让我不掏钱白住的话，那么他们简直就是 20 世纪 90 年代末中国最可爱和可歌可泣的一群人了。

我们在人群中挑选了一个最为面善的人，跟着他的车去他的旅馆。

他和一个司机一前一后送我们。

汽车飞驰在烈日下的田野间。

就是没有海的蓝色。

我心说可能是"误上贼车"了，因为北戴河应该是蓝的。

我做了最坏的打算，心想如果他们在半路明码开价要钱，我就白白送上一副脚掌——将他们踢下车去，然后再驾车潜逃。

逃到有蓝色的地方去。

（二）

他们并不是我想象中的坏人。

我们终于到达了他们所说的旅馆。旅馆是北京铁路局开的。

后来才搞清他们撒了一个小谎，那个旅馆应该是天津铁路局开的。

我奇怪为何铁路局不在铁路沿线开旅馆，为何将它开到了海边，后来听说连航天局的旅馆也开在了海边，也就见怪不怪了。

我真想找一家地铁公司开的海边旅馆。

（三）

当女服务员将我们领到空无一人的铁路局开的旅馆的三层楼时，我十分地谨慎。

我问女服务员这里晚上有没有坏人，女服务员想了想后，反问这年月什么叫好人，什么叫坏人。

这下难住了我，我就下台阶地说只要甭把我也当坏人就行了。

为了砍价我们开始进行了对房间的挑剔。

女服务员说最高档的客房应该能看到海，我就问海在哪里。

女服务员说那条线不就是海平线吗？

我说那好像不是蓝色的海平线，而是一根黑色的电线。

女服务员假装恍然大悟地说："啊，原来我以前看错了，果然那是条电线。"

这样她就无可奈何地为我打了八折。

她还说这店里二十四小时都有热水，我们就去试那水龙头，发现两个管子里流出来的都是刺骨的冷水，女服务员连忙改口说应该是二十三小时有热水。

于是我们又打了两折。

我还想试一试席梦思床是否真有弹簧，女服务员急了，说我要敢试就不让我住了。

于是我就不试了。

（四）

女服务员走后我发现席梦思床果然有弹簧，但又发现抽水马桶不甚通畅。

我又把女服务员请了来，问她能不能再打打折，女服务员没有正面回答，说只要我能把上一位客人请回来修修马桶就可以再打三折，我只能说不打就不打，请尽快把马桶修好吧，我已经坚持不住了，我不想与上一位客人"同流合污"。

女服务员得意而去。

（五）

我终于看到了蓝色。

准确地说，我使劲看到了蓝色。海水的前半部是绿色的，深远处才是蓝色的。

第一个任务是吃海鲜。

是肚子给的任务。

肚子说我想尝尝鲜。

于是我们便在海边的一家露天餐馆，面对大海坐定了。

我们从地上的几个红色盆子中选了几样海鲜。

有海蛤蜊、海木耳和虾爬子（一种小东西，外表像虾，又不是虾，学名似乎叫虾蛄）。

女服务员刚端着三盘子海蛤蜊、海木耳和虾爬子走进厨房，又马上走了出来，说已经做好了。

"真的……做好了吗？"我们眼睛直直地看着桌上的三盘海鲜，它们与刚才的区别只是盘子上有蒸汽。

我想可能厨房里的那位厨子整个一上午都焦急地期盼着我们的到来，我们到来之后，他便急不可待地把已经做好的三盘海蛤蜊、海木耳和虾爬子迅速放进锅中回炉，然后再让小姐将那三盘新鲜的蛤蜊、木耳和爬子放回盆中——从后门。

"他一定是掉了包。"我想。

这时屋内的餐厅中传来了歌声。

我发现那歌声与音乐的节拍有出入，就告诉女服务员可能是唱盘的转速出现了问题。女服务员说不是，因为那歌是人现场唱的，是有人在唱卡拉OK。

我这才瞥见了屋里角落中坐着的一个女人的半条腿和手执话筒的半截手臂。

她唱得似乎还可以。可能是因为音乐的声音过大，听不到她本来的嗓音。

当她将她本来的嗓音全部发挥出来的时候，我马上唤来了女服务员，让女服务员给桌上的三盘蛤蜊、海木耳和虾爬子打折，说在这种噪声中吃饭打一百折也不过分，因为她唱得也太过分了。

女服务员这时才听出屋里的那个半条腿和半个手臂的女子正唱《我爱你中国》中最高的一段，也就是全中国只有胡晓平才能唱上去的那一小段。

小姐迅速返身进屋。

那歌声又顽强地坚持了好一阵子，才最终熄火了。

女服务员出来说："真对不起，歌可以不唱，但打五折是不可能的。老板娘说可以再免费赠送一盘虾爬子。"说完她就又顺手递过来一盘子冒着未散蒸汽的虾爬子。

这时才知道刚才唱《我爱你中国》最高一段的半条腿、半只手的女孩子是这家店的女老板。

女老板似乎并没有勇气见我这位略懂音乐的来客，她从后门溜走了。

（六）

海滩上的人并无想象中的多。

红压压的。

人原本应是黑压压的来着，但那是指人头，而且专指中国及亚洲人的人头。

意大利南部的人头好像也是黑压压的。

人"红压压"的，是因为人都被晒红了。

在老虎石公园的尽头有一处被隔离开的外交人员专用的浴场，里面圈着几个外国人。他们有的特白，如鲸鱼的肚皮，有的特黑，如鲸鱼的脊背。白人和黑人在这里都被归类为外交人员，都被与黄种的主人隔离了开来。

我这才意识到自己的皮肤是黄色的。

一个白色女人俯身在沙滩下暴晒，隔着网子看去颇似动物园中被隔离开的白母熊，或爬虫馆中稀有的白蟒，再或是许仙错交配了的妻子白蛇。

但中国的黄人不得入内。

我们，是黄色的。

我不晓得中国人用网子将白的、黑的老外圈起来是何等用意，是为了观赏，还是为了安全？如果是出于安全，是为了他们的安全，还是为了黄色的自己的安全？

总之，老虎石公园的一角像动物园一样被圈了起来，游人不得入内。

因为，我们是黄的。

我又想起那首被老板娘唱瘪了的《我爱你中国》来。

（七）

　　海滨的宾馆有各种名称。

　　大多是以培训中心命名的。

　　如政治思想干部培训中心。

　　如干警培训中心。

　　如邮电晚报培训中心。

　　我原以为政治思想干部学校的培训中心应该设在白公馆或渣滓洞；

　　我原以为干警培训中心应该设在监狱；

　　我原以为邮电晚报该被取缔。

　　因为渣滓洞里才能够培训出干部们视死如归的高贵品性；

　　因为监狱里才能够培训出干警与歹徒对峙时的大义凛然；

　　因为有了英特网，邮电晚报就似乎应该被取缔了。

　　而邮电晚报的培训中心就正好被盖在了南戴河海滨浴场正面的沙滩上。

　　那么多的培训中心，没有哪个被培训人员的职业是与游泳有关联的。

　　也许正是因为政治思想干校的人、司法部门的人、邮电晚报的人不会游泳，才集中到这里学习游泳的吧。

嘿嘿。

北戴河人不管游泳叫游泳，叫洗海澡。
北戴河人也够大气的，在海里用盐水洗澡。
有在海里桑拿的吗？
是否政治思想干校、司法部门、邮电报的人到海边每年洗一次桑拿，才能提高党性，才能练就与歹徒拼搏的本领，才能不被英特网炒掉？
可能。

（八）

我第二天才发现北戴河已经没有 20 世纪 80 年代初期的螃蟹了。

我上一次——20 世纪 80 年代初来北戴河时，这里有许多令人瞠目的巨蟹。

那是指一二斤重的巨大的螃蟹。

记得那时的螃蟹是青色的，如盆那么大，而且张牙舞爪。那时的蟹肉是木质般的，是实体的，是能饱人的。

那是一个巨蟹的时代。

在西文中巨蟹星座叫作 Cancer，大致是指六、七月份出生的人或癌症、积习、社会恶习等一类事物。

本人正是巨蟹座。

在西方人的生肖八字图上，Cancer 长得有点像龙虾，但好像又不是龙虾，更像 20 世纪 80 年代初北戴河的螃蟹。

我发现餐馆中红色塑料盆里最大的螃蟹不过半斤重，就问小姐半斤以上的螃蟹都到哪里去了，小姐用一句令星座为巨蟹的本人听后十分不安的话回答：

"大的都死绝了！"

我愤怒地问小姐此话何意，小姐说巨蟹已成为历史，北戴河再也不出产巨蟹了，北戴河的螃蟹一年小似一年，北戴河的螃蟹快绝种了……

我十分紧张。

小姐又说就连这么大的螃蟹也是从远海打来的，虽然已经有了禁捕期，"你看那些船，不都停在岸上。"她解释着何为禁捕期，但无论禁捕多久，20 世纪 80 年代的巨蟹再也不上来了。

螃蟹们在集体地、史无前例地减肥。

我们，六、七月份出生的人类，也在随着减肥。

（九）

鲁迅十分超前地赞颂了第一个吃螃蟹的人的伟大。

他说天下最勇敢的人不是吃人的人，而是吃螃蟹的人。

因为螃蟹看起来如同六、七月份出生的人类一样狰狞。

人类不知是在何年、何月、何日才开始吃螃蟹的。

我更特指中国人。

有的国家的人就肯定不吃螃蟹，或者说还没中国人那么勇敢，那么临危不惧，那么有吃螃蟹的迫切心情，那么有吃的必要。

北戴河人早年并不喜欢吃包括螃蟹一类的海鲜——出租车司机说。

北戴河人以前并不将海物视为海鲜，海物是用来充饥的，是在没东西吃的情况下不得已而吃的。他们是因为"必需"才吃的，本质上他们更爱吃陆上能跑的动物。

是北京、天津的城里人将海物转化为海鲜的。

城里人白压压地来了，带着想吃海鲜的口水。

北戴河人从城里人口中传上了吃海鲜的口水，也就带着吃"鲜"的贪欲大吃特吃起海物来，吃起巨蟹来。

这下就坏了。

本人的厄运就到来了。

巨蟹们就在一两个十年中死光了。

随着人类的肚子一天天发福，螃蟹的体重一天天下降，这就是发生在上两个十年中北戴河海滨的故事。

（十）

在鲁迅死后，人类又做出了更多的吃东西的壮举，人类开始吃蛇了，吃猫了，吃老鼠、跳蚤、臭虫了，人类——这里特指中国人，还特指中国最南部的那一部分人——已到了将吃的勇敢发挥到淋漓尽致的程度。

海都怕人了。

海里已没有为巨蟹提供庇护的处所。

我这才猛然意识到桌上的"海鲜"们——海蛤蜊、海木耳、虾爬子已经不是传统定义上的如鱼鳖虾蟹一类的"海鲜"了，而是海里的昆虫！

今日红压压的人从城里来这里大吃特吃的竟然是海中的昆虫和如海带、海藻般海中的草木。

我惧怕起人类吃螃蟹的勇敢来！

我想到了海底捞针那个词组。

我庆幸在巨蟹死绝后身为巨蟹的自己尚可吃着已经减肥了的中蟹、小蟹——在老板娘《我爱你中国》的艰难的歌声之中。我为下一个二十年后的后代们叹惜，叹惜他们只能吃从海底捞上来的针。太极拳中有一节好像就叫"海底针"，打那一节拳的老太太们的手猛地向地下劈去。

（十一）

在深海里游泳时本人一贯临危不惧，在风浪中任凭摔打，今天却刚一下水就一个猛子逃回了岸上。

我在水中受到了海蜇的袭击。

本人不怕鲨鱼，却被海蜇的一咬吓得魂飞魄散。

因为海蜇的袭击太突然——从后腿；

因为海蜇的袭击太出其不意；

因为海蜇的袭击是软的。

它在你游着游着时，突然往你腿上软软地、滑溜溜地来那么一下子。

而那时你正迎着浪头换气。

在深不见底的海洋之中。

在四周没有人烟之际。

就那么一下子。

（十二）

海蜇的袭击之所以令本人魂不附体，就因为它是滑软的，就是因为它是从后部，就是因为它是在人根本看不见其形体、在人处于前不着村后不着店的悬空状态下袭来的。

就如同体操运动员跳马跳到半空时，有人在背后轻轻挠了他（她）一下一样。

或者在人张开大嘴、屏住呼吸，想打一个大哈欠时，被在肋骨上胳肢了一下似的。

海蜇的袭击如同妇人之手。

海蜇的袭击十分圆滑。

海蜇的袭击是海的幽默，是海的戏谑，是海的软的报复，是海的知觉，是海的灵感，是海的存在的信使，是海水固态的显现，是海的魄。

有人比我胆大。

尤其是女人，她们竟敢用柔软的手去抓那些袭击她们的海蜇。

在岸上我看到了一个被她们丢到海滩上的战利品——一只已死的海蜇。

我终于看到了我水中的敌人。

它竟十分透明，和美丽。

它胸中抱着一团用于袭击人的如花般的触角。

那就是餐桌上的海蜇头。

我发现它是由水凝成的，是一团晶体。

死了的海蜇在沙滩上像一团清亮的水晶，在向太阳告别。

那天吃饭的时候我毅然要了一盘凉拌海蜇，以向水中的敌人复仇。

（十三）

与我一同吃海蜇的还有近两百余人，他们都是某执法机构来北戴河培训的。

当他们浩浩荡荡开进餐厅时，我目瞪口呆。

我以为蝗虫来了。

而旅店的人却说他们都是来培训的。

他们都说天津话。

两百人在餐厅陆续落座后，培训活动的主执人用"文革"时常用的话筒——也就是按下手把上的按钮就能扬声的那种——向大家传达今后三天的培训计划。

他说明天早晨七点全体在这里——吃饭；

他接着说明天中午十二点全体在这里——吃饭；

他又说明天晚上六点全体还在这里——吃饭。

接着他说后天早晨七点全体在这里——吃饭；

后天中午十二点全体在这里——吃饭；

后天晚上六点全体还要在这里——吃饭。

大后天的日程——他又继续说，是七点、十二点和六点，全体在这里——吃饭。

然后他开始下结论了。只见他将另一只没拿话筒的手高高举过头顶，然后用力向下一劈，使劲说："最后全体乘大后天晚上八点钟的火车——回天津！"

当他问大家听清楚没有的时候，有一个用笔记录的人举手让他再重复一遍第三天的日程。

我小心地吃着盘中晶莹的海蜇。

（十四）

当我饭后向旅馆的小姐反映刚才在饭厅中目击的腐败现象时，小姐向我披露了一个数字。

她说他们的伙食费是每人每天七十五元钱。由于海蛤蜊、海木耳、虾耙子一类的海鲜凑不上七十五元的标准，旅店特地提前两天派车去秦皇岛一带采购，买来了大蟹、大鱼和大肉等。这是入夏以来培训中心接待的头一批大宗培训团体。由于今年整个北戴河的旅游生意都不景气，来客数量比往年大幅下降，他们的到来给中心带来了意想不到的巨额生意。他们是盛夏带来的第一个福音。

小姐还说不仅本店的生意会因这二百人的到来兴旺起

来，就连隔院急救中心也欢欣鼓舞，已经为他们临时突击增加了几十张床位。因为急救中心根据往年的经验预测，只要这种大型培训团体吃上了海蜇和螃蟹，混在活螃蟹中的极个别死螃蟹肯定会导致个别人食物中毒，并且迅速通过唾液在人群中扩散。

小姐又用电子计算器给这二百人的这顿饭做了大致的财政估算，得出的结果是大约等于建一所希望小学。

（十五）

当我对小姐说这就是所谓的腐败时，小姐不以为然地一笑，说："这年月不腐败能干成事吗？"

小姐又说今年北戴河的生意之所以清淡，其中一条原因就是上边不再让在风景区开会了。会不开了，海滩就冷清了，北戴河以开会为生的人也就无事可做了，也就下岗了。

小姐的话是正确的。

北戴河在某种意义上说是靠腐败而生存的，没有腐败就没有北戴河的经济，确切地说，北戴河不能离开腐败。

腐败创造了团体消费，团体消费创造了以团体消费为主要收入的旅馆、餐馆、观光景点和急救中心的就业，从而维持整个海滨地域的经济发展和繁荣。

换句话说，这二百人吃的是海蜇和螃蟹，而北戴河人吃的是这二百人，如果这二百人连螃蟹和海蜇都不吃了，北戴河人也就饿死了。因为北戴河人少，海蜇和螃蟹多，北戴河人要请外阜的人来帮着吃，才能既吃螃蟹也能吃人，才能活。

培训中心是腐败的温床，腐败是北戴河人的温床，唯独海蜇和螃蟹，在离岸边近的地方没有温床，我想。

"处长，能不能再将第三天的培训日程给大家重复一遍？"这时餐厅中又传来了喊声，紧接着又传来了卡拉OK的旋律，唱的也是《我爱你中国》，而且是大合唱。

（十六）

即使大家都是黄色的，由于城里人没太阳好晒，所有走在沙滩上的北京人与当地被晒成红色的人相比，也像是白人似的。

由于今年大批的"腐败分子"没来，所以沙滩上的北京人寥寥无几，而且显得特别耀眼——由于他们是白色的。

北京的如本人一样的男子的特征在只穿裤衩的状态下看上去尤为突出。他们往沙滩上一戳，就会腆露出雪白的弧状的大肚皮，尤如白色的河豚或快要绝种的中华白鳍豚，这是指刚到北戴河的那种北京男人。来过几天的北京男子的背部一定会被晒得黝黑，跟当地人一样，但肚皮仍是雪白的，所以看似摇晃着行进在沙滩上的企鹅。

286

白色的北京人在沙滩上仿佛"白军"，红色的北戴河人在沙滩上仿佛"红军"。当一个"白军"的影子出现在沙滩上时，七八个"红军"便会从四面八方向"白军"围剿过来，而且穷追不舍。

　　他们都是向"白军"促销的，而且十有八九是女性。那些红色的女人通常：

　　1．问你吃不吃饭；

　　2．问你吃没吃饭；

　　3．问你要不要救生圈；

　　4．问你要不要骑海上自行车；

　　5．问你照不照相；

　　6．问你有没有地方住；

　　7．问你对现在的住处满意不满意——当你回答已经有地方住时；

　　8．问你要不要女朋友；

　　9．问你要不要租一把遮阳伞；

　　10．问你买不买游泳裤衩；

　　11．问你需要不需要壮阳的海马。

（十七）

我被一位推销海马的健壮女子在沙滩上追逐了几十步之遥。

那女人先问我要不要海马。我问海马是干什么的，她说是壮阳的，我说我孤身一人无须壮阳，她便说可以给我打七折，我说既然不需要打一百折也不需要，见她仍不罢休，我便向她交了老底，说没带钱。她不信就上来查看我短裤的裤兜，我将两个兜的底部全部翻开，向她证明我的确一分钱也没带。

这时她收回了攥在掌中的黑色的壮阳海马，但步伐却追得更紧，边走边用一种教师开导学生的口气语重心长地问："老弟（她起始管我叫大哥），你为什来海边玩连钱都不带？"她的问题使我停住了脚，我向她摊开了双手，无可奈何地反问："大姐，你说我怎么回答你这个问题呢？"

她这才最终收回了手中壮阳的海马，向别的白色男人追去。

美国的如希拉里（克林顿老婆）一般的女权主义者虽然有竞选参议员的勇气，但是否也具备如北戴河女子这般追逐男人卖壮阳药的勇气呢？难怪中国女足那么具备雄风！

（十八）

沙滩上追剿游客的"红军"们对游客的称法是值得一提的。

他们亲切地管游人们叫"大哥、大姐"或者"老弟"。

只要你往沙滩上一走，便会有两至三人管你叫"大哥"，你如果想多听几声，便要故意露出要买东西或口渴的神色，倘若你想让所有的人都管你叫"大哥"的话，你的手便要插到兜中做出取钱状了。

被人叫习惯了"大哥"的本人有一天到一家国营馆子吃饭，本来菜都点好了，却想起来服务员还没叫"大哥"，便起身拔腿走出了那家饭馆。

这就叫习惯。

（十九）

旅馆的电视就一个台，正在播放一个关于科学的节目。

是关于银鱼的。

银鱼十分小，如菜盘子里的那样，是白色的。

银鱼可以千百之众如闪电般在海里游动，大面积的银鱼群以令人惊奇的速度飞快地转换着动向，忽上，忽下，忽左，忽右，忽成团状，忽成网状，好似一个有灵魂的整体。

它们的运动速度如此之快，如此统一，如此变幻莫测。

然而，它们却是由千百条同样大小的小鱼组成的一个群体。

谁是它们的领袖？

是谁使它们如此步调一致地集体游戈？

美国科学家正在对以上问题进行着研究，一个女学者带着氧气罐和这些问题潜入了海底。

那个女学者从海底上来后似乎发现了银鱼世界的秘密，她说在千百条银鱼之间存在着某种动态的力量，那种动态的力量从第一条银鱼传到了第二条银鱼那里，又经过第一千条银鱼尾部传到了第一千零一条银鱼那里。也就是说它们是用尾巴传递那种力量，从而能够像风沙一样在海中幽灵般运动的。

美国科学家研究完了银鱼之后，又将她的动态力量原理用到了研究人类自己身上，不过这次她就不用下到海底去冒风险了，她一下就发现了一大群运动起来像银鱼的人。

那是成千上万的人。那些人正在奔赴一个巨型足球赛场去观看当晚的足球比赛。

她先用直升飞机在上空记录了这一万来人集体行进时的运动方式，然后将录下的结果用红外技术进行了热力学的光谱分析，从而得出了以下令她不可思议的结论——科学仪器显示人群越走近球场狭窄的入口处，人的行进步伐就越会加快。

下一步她要研究的问题就是如何解释这种现象，用"动态力量"的原理。她要通过与银鱼群体运动的对比，用科学的手段分析出：

1．为什么每一个人走到检票口时都会突然提速？

2．谁是他们的首领？

3．是谁将要快走的信号传递给下一个人的？

4．是何种力量使他们如此步调一致？如果没有带头快走的首领的话。

5．他们是用头部，还是用屁股传递以上信息的？

6．如何阻止、分流或利用这种一到检票口就加快步伐的上万人创造出的动态力量？

经过一段时间的艰苦的研究之后，她似乎终于找到了分流万人的这种动态力量的方法，就是在检票口正中央多加一道隔离的铁架子，使之看上去如同有左右两条入口，这样做之后，一万多人就都会从前面人的臀部处接收到总共有两条路可走的信息，便不会本能地加快步伐了，而且即使不用加大检票口的宽度，也能避免形成上万人向同一个检票口冲刺的动态力量了。

这个节目就这样完了。

关掉电视后我心潮起伏，我终于找到了许多关于人类问题的答案了。它们似乎都可以从美国女科学家研究的银鱼成团流动和众人向检票口冲刺的现象中得到解答。我提这些问题的前提条件如下：

1．假如我不是人；

2．假如我是银鱼或者是鸟、是山、是树、是蟋蟀、是海蜇、是螃蟹，总之，我是第一种假设。

3．假如我从树、鸟、山、海蜇的角度观察人类——带着潜水镜或氧气瓶什么的，而且从高处看的话，那么我就十分不理解以下这些现象了。

第一，为什么在一个赛场上只有来自两个国家的二十几个人分两组赛球，在赛场内和地球的另一端却有数以亿计的人跟着激动，中间还隔着那么多的时区和高山流水；

第二，在科索沃为什么那么多人、从那么多方向向一个地区冲锋，去围杀那个地区的人类；

第三，在淮海战场的方圆几百里的区域内，为何用两种不同颜色的衣服包装起来的同样是一种颜色的人，会以百万之众相互残酷地撕杀，之后又横尸遍野。

海蜇、鸟、树木和高山不明白，为何由看上去同样大小的人组成的人群有着如此大的集团运动和集团撞击能力，有着如此强大的相互毁灭本领。谁是他们的首领？他们使用何种手段传达能使十万、百万之众同步前进后退的信息？用身体的哪个部位？臀部还是头部？

这就是所谓的人的动态力量。

人类对银鱼的集团动态感到好奇，银鱼对人类的集团动态也感到好奇。

谁会否认银鱼这种好奇心的存在呢？

你是银鱼吗？

（二十）

北戴河的公厕无论大小便都收费三角，比北京城的便宜四成。

在一处公厕的入口处，我与看守公厕的小姐讨价还价，问她能否给我八折优惠，因为其他地方卖东西都最少打八折。

当时我并不太急，而且带着孩子。

小姐坚持不打，我就只好买了一张三角的票。

小姐问为何两人买一个人的票。我解释说只是我的后代上厕所，我是陪着进去的。

小姐半信半疑。

正当后代进行小解的时候，小姐哼着歌走了进来。她的出现使我大惊失色，大声问她为何进来，这里是男厕所。

小姐停住了《明明白白我的心》的哼唱，说她是想检查一下到底是不是小孩儿一个人撒尿。我说："可这里是男厕所啊！"她莞尔一笑，说："你如果不上，我会怕看一个小孩子撒尿吗？"

我："……"

（二十一）

为了追寻银鱼的踪迹，我们不远几十里，穿过整个秦皇岛市区，来到了老龙头。

老龙头是长城最东端的起点，是长城的头，龙头从大海中浮起。

老龙头既是一个城堡，又是一座指向大海的炮台。

当我终于来到老龙头时，才知有人已先于本人到来，他们便是1900年驾船到此的八国联军。

老龙头被他们的炮火毁了。

老龙头被敲掉了。

成了废墟。

今日所见的虽是一座完整的城堡，却是20世纪80年代重建的，是一座年轻的古迹。

1900年至今整整一百个年头。

我虽知道八国联军的炮舰到过渤海，却不知它们竟然到过这里。

我虽知八国联军烧了圆明园，却不知他们将长城的头也给炸了。

龙是中国人的图腾，是中国人的圣物，长城是中国人的院墙，是掩体，而用最神圣的图腾的头命名的最重要的院墙的墙根却被外人毁得稀烂，这不能不说是对中国人的莫大侮辱。

一百年前当那条盘龙的头被炸毁之后，整个龙体就欠安了，就无主了，就无用了。

就成了困龙和卧龙，就成了睡龙和病龙。

就无龙了。

（二十二）

在新老龙头处有四块值得驻足的碑。

两块是旧的，两块是新的。

两块是原始的，两块是复制的。

两块碑上是乾隆和道光年间留下的御笔，两块是它们被毁后今人复制的碑文。

那两块碑也是八国联军毁的，在毁完后竟然还用利器刻上了外文——拉丁文字。

我仔细地在那两块已经模糊不清的御碑上寻找碑文介绍词中所说的外文。

终于，我找到了"I am"几个字。

它们的确是一百年前拉丁人的后裔在汉字文明的母国，在中国皇帝的御笔碑文上，用刺刀或别的利器刻下的拉丁字母。

紫禁城里的水缸上虽然留下了刀疤，却没有留下西洋文字。

这是百年前两个文明圈的交融，还是拉丁文明对汉字文明野蛮的雕琢。

在皇帝的碑文上。

在老龙的头上。

在长城的入海处。

忽然间，我想起了那几个躺在北戴河外交人员专用浴场上暴晒的外交人员的白色的身躯，他（她）们也曾来过这里吗？

（二十三）

英文的介绍词将八国联军译成了"Eight Power Allies"，是八个力量的联盟的意思。"Allies"这个词汇十分熟悉，北约NATO上个月进攻南联盟时，一说到北约行动，CNN就使用"Allies"这个词语。

一百年前八国进攻中国、调动部队的时候是否也统一使用这个词语？

那时的北京是否如今日的贝尔格莱德？

那时的慈禧是否被形容成今日的米洛舍维奇？

那时的清军呢？

那时也是以美国为首的"八国 Allies"吗？

不，好像不是，因为那时英军比美军更强大，那时俄军也进入了八强，而且还有对岸的日本鬼子。

百年之后中国人不仅修复了长城的老龙头，还在长江入海处的上海建起了新的龙头。

中国的龙南迁了。

龙从山上游入了水中。

我们没找到银鱼，却找到了长龙的头。

"我爱你——中国"，我们在老龙头上听着大海的低吟。

（二十四）

老龙头离辽宁地界只有二十公里，老龙头一带的方言与东北方言也只差二十几公里。

东北人是幽默的，老龙头一带的人的嘴自然就贫起来了。岂止老龙头，整个秦皇岛地区，包括南、北戴河的口音都沿海岸线一步步走近辽西口音，都一点点贫起来了。

都十分幽默了。

我一直对两种代表性语言中间的过渡性语言抱有浓厚的兴趣，它能向我们揭示一种代表性的方言是如何向另一种代表性方言转变的，从而向我们更清楚地显现出两种方言的特色。

河北人讲河北话。

东北人讲东北话。

河北话是连转弯带发飘的，如梆子声。

东北话是抑扬顿挫的，如碴子味。

那么北戴河、秦皇岛一带呢？正处在河北和辽宁二省的交界地带，它的方言也就同时具备两种方言的风格了。

用梆子捣碴子，捣出来的就是这一带的语言。

老龙头人讲话与辽宁绥中也就是长城那半边的人的口音几乎完全一样，仅留下一小节梆子的尾巴，但人的性格已经完全碴子化了。

老龙头的小姐已经非常幽默。当客人问为何喝开水收取那么高的费用时，小姐既不像京城里的人那样甩以白板状的脸，也不像天津人那样用海蛎子味的津味数道人，而是扯开嗓子用女中音般动听的东北大碴子话高声反问："大哥啊，你觉得两壶开水收一块钱，贵不？"

说完后她那原本看上去十分严肃的脸突然哗地放开，然后与其他小姐相视大笑起来。

在一旁观望着的我见到此景，便猛地一拍刚被晒黑的大腿，心中大喜，说："没错，这已经是东北了！"

（二十五）

北戴河一带的人除了已经十分幽默以及大多是红脸膛之外，还十分开朗，也十分开心。

北戴河一带的人大多一年上半年班，有的连半年班都上不上，尤其是在北京已不十分腐败、游客不太多的年景。他们大多一到十月份就收工回家了，领取旅游旺季时期一半的工资，然后在家里"摆长城"——也就是打麻将。

他们要打半年的麻将，一直打到第二年夏天，打到"腐败大军"再度登陆的时节。

冬天对于北戴河人来说是"修长城"的季节，他们要不停地修下去，一直修到老龙头。

不知孟姜女当年哭倒的长城是否是麻将建造起来的。

修半年长城的北戴河人自然心情舒畅，自然开朗。

造成北戴河人性格开朗的第二个原因是他们整天与大海、蓝天、白云相视，整天在海滩上向游者推销海马一类的壮阳药品，而他们自己却不用受用海马的阳气。

在他们看来凡是城里人，凡是整天看不见太阳、海和沙滩的人都难免阴盛阳衰，都需要用海马补给。除了海马之外，他们更为城里肾虚的游客准备了海狗的钢鞭一类更强的补品，因为他们眼中的城里人都有肾功能上的障碍。

我看着那许多在集市上采集海狗钢鞭一类补品的京城男

子，真为他们着急上火。

　　北戴河人的脸庞是健美的，在红润的面颊上摆着的一对眼睛——当然也有单只眼的——十分的光明。
　　我不知怎样解释为何城里人的眼睛不如"半城里人"——我这样定义北戴河镇上的居民——的眼睛明亮，不如"半城里人"的眼睛清晰。北京郊县怀柔人的眼睛就已经比北京人的眼睛明亮了少许，北戴河人的眼睛与北京人的眼睛相比，就更如同北戴河的天空比北京的天空了。
　　可能是因为怀柔人的脚有土地好踩，怀柔人的脚是接了地的，而北戴河人的脚呢，则不仅有泥土好踩，还能踩上海滩，还能远视无际的大海。
　　海是无边的，人天天向天边眺望，久而久之，目光必然深远。天空是明澈的，与之长时间对视，也不会变得混浊。
　　这叫自然的造化。
　　北戴河人的皮肤如通红的太阳，
　　眼睛如蓝天和碧海，
　　性格如田间的棒茬和幽默的海蜇。

（二十六）

当我再度追忆北戴河老龙头一带人讲话的特征时，我突然又想起来了一条——他们说话时的嗓音都十分大，都用半叫半喊的高声说话。

"大哥到我家去住吧！"他们喊。

"来两匹海马吧！"她们喊。

我分析出了北戴河人扯着嗓子说话的原因。因为沙滩上人与人之间的距离比城里桌子与桌子之间的距离要远，中间又隔着风，隔着沙，隔着空气，不用大嗓门喊话彼此不易听见，久而久之，就把嗓门喊大了，喊得松驰了。

上海人的嗓门就紧巴巴的，因为邻里相距太近。北京人桌子间的距离相对远些，但毕竟身处首都，不能想什么说什么，无法像北戴河人喊话时那样放心和放肆。

天津人不知什么原因,宣布吃饭时间时要使用电扬声器,他们说："我再最后重申一遍:

早晨七点——吃饭,

中午十二点——吃饭,

晚上六点——吃——饭！"

北戴河人说话根本不用扬声器。为了拉更多的乘客，汽车司机会一边驾驶高速奔跑的汽车，一边用响亮的海滨碴子嗓音朝另一辆并行汽车上的乘客高声呼喊："快，赶紧换到这辆车上来，那辆车上的司机和售票员都是小偷！"

信不信由你，反正这是我亲眼目击到的。

（二十七）

夜里北戴河的蚊子如北约空袭的飞机，我在灯下一边看书一边观察蚊子的动向。

无意间读到一篇关于鲁迅之死的文章，说鲁迅最终是因愤世而死的，是吐血而死的——在他那么爱了中国人一辈子又那么恨了中国人一辈子之后，在赞颂了吃螃蟹的中国人又被中国人吃螃蟹吃怕了之后。

我在北戴河的夜空下觉得鲁迅当初不应该那么愤世，不应该将自己爱得那般惨淡，他应该来北戴河小住，应该跟北戴河的天、海和人聊聊，应该去看看海的退潮，或在清晨去沙滩拾螃蟹、拾贝，去戏弄海蜇，或被海蜇抓挠，去寻找银鱼。哦，对了，我告诫自己不要再同如北约的飞机的蚊子们空战了，要快睡，因为明早还要去海边寻找银鱼。

（二十八）

清晨的海十分平静。

退潮后的海浅了许多。

我没急着去找银鱼，而是看着已经浅下去的大海。

我不解海如何能在一夜之间浅了这许多，海水究竟有多少？是何种力量能使这许多量的水以无边之规模，以大洋的广度前后移动？

是引力，没错，那引力为何如此之大？

在老龙头有一座碑，上面写着"一勺之多"几个字，说的是几个某朝某代的先人议论海水到底有多少，争来争去争不出个结论，有人便说"有一个勺子那么多"。

乾隆帝曾目睹那碑，曾听到过那传说，曾在老龙头将其用到诗中，以颂大海——在他费尽百般周折将小燕子、还珠格格一行人在宫中安顿下来之后。

几百年过去了，海水还是"一勺之多"吗？

我终于在浅水处看到了银鱼群！

至少它们像是银鱼，以银鱼之规模在海中排开散去，在海中以集团之状风驰电掣般游行！

这就是它们的动态力量吗？

在朝阳的灿烂中俯瞰着百条小鱼如幽灵般的飞速游弋，我问银鱼：

"你们可知海水有多少？"

"你们可知岸上的人类与上岸的海象、海狗、企鹅有何区别？"

"你们之中也有首领吗？是哪一条鱼？"

"你们知道陆地上有黑色的腐败，有警察，有培训中心，有被炸的老龙头，有海峡两岸同种人的对峙，有唱《我爱你中国》的，有吃蛤蜊、海木耳和虾爬子的，有吃你们的，有可口可乐和 B-2 轰炸机吗？"

"你们知道人类能从几百万、几千万、甚至十几亿长得同样大小的人中，找出一个代表他们的首领，并管他叫作皇帝、国王、首相、总统吗？你知道这些首领们采用什么样的方式传达指令，从而使百万、千万、亿万的人群做步调一致的运动，一同去生产、一同去杀人的吗？你们知道，这需要何等惊人、何等可怕、何等巨大的动态力量吗？"

听了我这些肺腑之言后，银鱼群先骚动了一下，然后迅速重整了队形，唰地一下游进了深海。

它们在说："我们永远不会知道，因为我们不能出水，我们一旦看见了你们上面的一切就会死亡。"

它们留下了清晨的海的沉寂。

（二十九）

在我们离开北戴河的那天早晨，旅店送走了浩浩荡荡的天津来的二百人受训大军，又大张旗鼓地迎来了另一批需用高音喇叭大喊才能集合吃饭的来自北京的受训人员。只听高音喇叭高喊："各就各位，预备——齐，吃饭！"随后又用海风送来了更加嘹亮的原声歌曲《我爱你中国》为我们送行。

（三十）

回京后的当夜，我做了一个奇怪的梦，梦见半个世纪后的一天，当我再次颤巍巍地回到那家培训中心时，同是颤巍巍的那位小姐将我引进同样一间客房，说："就是这间，能看到海平线的。"

我迟迟地登高去看窗外，问："怎么海平线是黑的？是电线吧！"

她说："没错，就是黑的，现在的海平线就应该是这种颜色的。"

普陀没尼姑

（一）

普陀在"南海"，佛意的南海，俗意的东海。

一到了佛的境界，便颠倒了东、南，便是非不清了。

观音曾住那里，

紫竹林中的观音，

半男半女的观音，

救过唐僧、沙僧和猪八戒的观音。

她（他）住在普陀山："南海"中的普陀，岛上的普陀，雾中的普陀，本该是干净的普陀。

（二）

夜船在海中行驶。

无边的海，神秘的海，遥远的海，半阴半阳的，半男半女的……如观世音的海。

那迎着霰弹般星空移来的，是一个如鬼影的岛。

舟山的岛，群岛中的岛，本该无人迹、无佛迹、无心迹的隐形的岛。

风大，又躲回到舱里去。人多，便绊到了两个蜷缩于四等舱门前地上的和尚。

他们都不是颓和尚。

他们都头上带着黑色的绒制的帽子。

他们都在地上萎缩着睡觉。

（三）

怕在睡梦中随船沉下海去，因为，大家都看过《泰坦尼克号》，便与看上去像来自普陀的女孩探讨和尚问题。

她们说，要想成为普陀的和尚，必须：

1．祖孙三代都是和尚；

2．要上过大学。

我问普陀的和尚是否也要拥护一胎政策。她们反问普陀的和尚按政策不得结婚，如何只要一胎？

我才知听错了，当普陀的和尚，不是祖孙都要是和尚，而是祖孙都要信佛。

大彻大悟了的我说这条件我也够。

我又说我也曾大学毕业，也受到了"三讲"的教育。

她问我读的是否为佛教学院。

我说不是，她便劝我当尼姑，因为和尚的位置都已被填满。

我又出船舱，从相当于五等舱的位置回顾那鬼影般的舟山的岛屿。

想观音。

想男女。

想阴阳。

想阴阳之差，想和尚和尼姑之差。

观音啊，观音，你半男半女，僧姑不分，水陆不分，今明不分，远近不分，头尾不分。

船头并无想要跳海的富家的女子，

也无须男子从船舷伸下的机会主义的手。

没有罗曼，没有蒂克，没有人情，没有生死，没有机会。

又回到五等舱口。

又绊到了那两个打鼾的、带黑帽子的和尚。

不颓的和尚。

（四）

天大亮后，船驶进了普陀海域，看到了普陀，摸到了普陀，闻到了普陀。

抬眼望去，有山，有房，有树，有沙滩，还有军舰，还有潜艇，黑鲨般的、亦如鬼影的潜艇。

这里是东海的东端。

所以需用潜艇保护。

好一个军舰炮口下的、大慈大悲的、世外的普陀。

圣地的普陀。

圣僧的普陀。

世外桃园的普陀。

超凡的普陀——和尚和尼姑外加炮口的普陀。

（五）

下船后便被收了 40 元的进山费。

开始我说没带那么多钱，普陀的人便说那么只好请你随船回上海，我说也没带回去的路费，他便不再理我了，去收后面人的钱。这下我真的急了，问他懂不懂得什么叫先来后到，然后将 40 元钱愤然捅进他的掌心。

他脸上没有佛意。

他长得既不像和尚，也不像尼姑，而像——潜艇。

找不到庙了，便截了一位路上行走的普陀女孩问路。

她兴奋地反问："你们需不需要导游？便宜！"

我们说只想问问路，并不需要导游，因为已买了导游图。

她说问路就等于导游，因为这里是游览圣地。

我们说，我们已有了游览圣地的地图。

她便转身而去。

她愤然而去。

她的表情像地图，十分复杂。

她一定特恨地图。

她是女子，却不是尼姑。

尼姑也会导游吗？

（六）

我们几个男子，大都已被去势（指结了婚的），但也有尚未去势的（指尚未结婚的），前者便急着为后者寻找尼姑。

只因为城里的女子已六根不净，只因为城里的女子已被污染，只因为城里已无尼姑。

本该如矿泉水般纯净的尼姑；

本该如"娃哈哈"的尼姑；

本该比小燕子（指"格格"类的女孩）更懂规矩的尼姑。

本应如妙玉般的尼姑；

本应内向的尼姑；

本应，不像和尚的尼姑。

我们，为了帮助没被去势的青年寻找干净的女子，前来寻找尼姑。

我们，为了找正宗的尼姑，来到了普陀，我们，为了告诉年轻人何为神圣的女子，来到了本应是东海的南海。

冒着可能的炮火。

顶着普照的太阳。

（七）

找遍了庙，没见尼姑。

便去找庵，因尼姑应在庵中。找了几处庵，却只见和尚，便去问和尚，尼姑在哪里。

话刚出口，便知罪过，便想到了和尚的清规，便逃之夭夭。

因为怕和尚们使拳脚。

中国的和尚，按佛经讲，本应普度众生，却大多会拳脚，而且出手都贼狠。

他们不会用脑子度人，便用拳头。

孙悟空更甚，用棒子度人。

猪八戒用扒子。

唐三藏用紧箍咒。

观音用半男半女之身。

只有尼姑才用纯净水。

（八）

找了几处庵，仍没姑子，便上山了。

迎面一人见本人就叩头而拜，本人更喜出望外，挺身前去接他一跪。

不知他为何下跪，但要是跪，就该先接着。

同伴说他不是跪我，而是跪山，接他的跪是要折寿的。

于是恨不得反身跪他几下。

那人一步一跪。

一步一磕。

像给皇帝跪拜似的，一路朝上拜去。

十里山路。

千层台阶。

半个山头。

他们如藏人一样，一步一匍匐，一步一叩头，一步一呼："南无阿弥陀佛。"

在众目之下，

在众丛林之下，

在众彩云之下。

他们的虔诚可泣，

他们的自私可恨。

因为他们都是为自己而跪，而叩头，而"南无阿弥陀佛"。

他们不是为我而跪。

他们不是为我们而跪。

他们不是为树林而跪。

他们更不是为彩云而跪。

如果那样的话，我们、树林和云彩应为他们哭，为他们唱，为他们齐喊："加油，加油。"

但他们却自私。

他们在玩 show（秀）。

他们在玩 cool（酷）。

他们在玩悬念。

他们在玩 007。

他们在玩旁观人的感情。

他们在玩模拟英雄的把戏。

他们如果真的虔诚，真的没有示众的欲念，真的有催人泪下的动机，真的不想让人替他们拎一根神经的话，就应在半夜三更摸黑叩头上去，就应不那么看上去视死如归，就应现出满脸的轻松，就应悠着点，就应等我转过身后再迎面给我磕头。

而不折寿于我。

本人招谁惹谁了？

竟冷不丁被人折了几多寿命。

这不公平。

（九）

尼姑者——女子也。

尼姑者——圣女也。

尼姑者——出世之圣女也。

尼姑者——未婚姻男孩之女神也。

因为尼姑是女子。

因为尼姑是圣女。

因为尼姑是出世之圣女。

因为尼姑未婚。

（十）

当其中有尚未被去势的壮年男子的一行人终于又找到了一个躲藏在小树林中的庵时，终于不仅看到了在大堂收 5 元

314

钱一张门票的和尚，也看到了三两个尼姑的、头上亦带着黑色的绒帽的背影。

她们从庵的另一侧小径向庵的顶处蹒跚而去了。

只留下了背影。

她们走路必须蹒跚，因为她们都是老太太。

本该为女人，为圣女，为女神，为未婚男子想往的尼姑们。

老了，太太的，老太太了的尼姑们。

同行的未被去势的同伴失望了。

他其实并无娶尼姑的邪念，而是想参照尼姑的标准回上海去找对象。

我去问了一个庵内的普陀人：

1．为何此庵的正厅中坐的全是和尚？

2．为何尼姑们从后院上山？

3．（悄悄地）和尚真的不能结婚吗？

4．（悄悄地）尼姑真的没处过对象吗？

他的回答是：

1．和尚坐在庵中——那是人家的工作。

2．尼姑从后院上来是怕与和尚混为一谈。

3．（悄悄地）有的和尚……也是可以……结婚的。

4．（悄悄地）有的尼姑……不结婚，却处过对象，但一旦出家了，就不再结婚了。

好一个"可"结婚的和尚和不可结婚的尼姑。

汪曾祺的小说《受戒》中的和尚是可以有老婆的。

《红楼梦》里的妙玉是没结过婚的。

和尚者，如不曾破戒的话，如果如唐僧般无杂念的话，乃至男人也，至阳也，至刚也，至"阳光普照"也。尼姑者，如妙玉般的尼姑，乃至阴也，至纯也，至干净也。

问题是一旦将可结婚的和尚和不可结婚的尼姑——倘若这是属实的话——同置一庵的房檐下的话……

也就是说将至刚，至阳，至阳光普照但又可有一丝不那么刚、不那么阳、不那么光明的人欲念的和尚与不可不阴、不可不纯、不可不干净的尼姑们混为一谈，混在一个尼姑庵，混在一座佛陀的塑像之下的话，后果应该如何？

是雷电？

是贼风？

是阴阳失调？

是下雨？

是倾盆之雨？

是普陀的海的狂涛？

还是看不到的尼姑的正脸？

（十一）

尼姑者——女人也，

尼姑者——曾受大难之女子也，

尼姑者——曾大悟大恨又大爱,然后逃离俗世之圣女也。

尼姑侬本该有情。

尼姑侬本该多情。

尼姑侬本该为母亲。

尼姑侬本该有慈悲之心。

尼姑侬本该冰清玉洁。

尼姑侬本该有凛然之纯色。

尼姑侬本该搞过对象。

尼姑侬本该有破碎之心。

尼姑侬本该破碎过他人之心。

尼姑侬本该如圣母玛丽亚。

意大利友人每当看到惊险的场面、每当本能地需要表露孩子的无助时，总会冒出一句口头语：

"Madonna！"

我问他们为何总惦念那风骚女人麦当娜。

他们说不是，他们是念叨圣玛丽亚，他们的女人。"Ma"为"我的"，"Donna"为"女人"，"Our Lady"——"我们的女人"，即 Maria，即圣洁的母亲，即"麦当娜"。在意大利语中，会在舞台上做风流动作的歌星和"我们的女人——圣·玛丽亚"是一个名字，或许是麦当娜为了将臀部扭出圣洁的氛围而盗取了意大利语"我们的女人"的圣名。

那是意大利人的事。

因为麦当娜也是意大利人所生。

也是圣母所生。

也根源于崇尚圣母、口中念叨着圣母，并被圣母至尊至爱的母性保佑着的国度。

Madonna！

中国有"Our Lady"，有"我们的女人"，有如"我们的母亲"般保佑着这十几亿颗人头和心灵的母亲、女性和女人吗？

我们的"圣女人，圣母亲，圣女性"在何方？

我们的 Lady、Donna 在家吗？

是菩萨？菩萨是泥做的。

是观音？观音不男不女。

是和尚？和尚自身难保。

是武则天？

是慈禧？

是吕后？是"三孝图"中必须以子女为牺牲的母亲们？

谁是我们的 Donna、Lady 和女人们呢？

我想到了尼姑，我看到了尼姑们的背影。

对，应是尼姑，国人的保护神可能就是尼姑，因为只有尼姑才真正地女人过，圣洁过，慈悲过，想不开过，脱俗过，藏匿过，干净过；才不武则天，不慈禧；才公平过，才没被和尚动过，才如圣玛丽亚般从上帝那受精过，才"我们的女人"过。

中国没有圣·玛丽亚，没"麦当娜"，没 Ma Ma Mia（意语：我的妈妈），但勉强还有尼姑。

离开尘世的尼姑。

躲在岛上的尼姑。

需乘夜船才能一睹后脑勺的尼姑。

普陀的尼姑。

南海的尼姑。

风浪中的尼姑。

与和尚共舞的尼姑。

Ma Ma Mia！

Modonna!

我们的——女人。

我们的——母性。

我们的——母亲。

我们的——圣母。

（十二）

　　来普陀进香。

　　却对观音不以为然。

　　因为他（她）非男非女，因为他（她）没有性别上的定位，更因为——他（她）是泥做的。

　　当然，也有铜的。

　　还有金的、石头的。

　　不知如何定位观音，如何崇拜观音。将他（她）作为同性的朋友，还是作为异性的偶像？非同性、非异性的一个如圣母又如圣父的泥塑又如何使人倾心？

　　基督是男的。

　　圣母是女的。

　　老子是男的。

　　灶王爷是大老爷们。

　　真主也是男身。

　　但我们的观音——普陀的主人，却是阴阳一体的泥像。

　　普陀人做的观音像比别处的更像女的。有的摊子上的观音像一眼看去如刚刚出道的电影童星，而且还羞羞答答的。也许是普陀的百姓更需母性的终极关怀，普陀的渔民更需如妈祖般女人式的温存，便将观音塑成了极像小女子的塑像。

　　它们更像女人，

它们更像 Maria,

它们更像 Madonna,

它们更像 Ma Ma Mia,

它们更像小尼姑。

我们继续四处寻找着普陀尼姑的——

正脸。

死皮赖脸地。

（十三）

普陀有个"西天"，西天有尊屹立于海礁上的巨大观音，从几十里远处都能望见。

那观音的巨像下，有传说中他（她）留下的，如巨象踩下的脚印。观音，据说就是踏着大象的步子来到这沧海之中孤独地漂着的普陀的。

在传说中的两千年前。

观音因犯何罪，要被罚着永久在那里站立？

观音得罪了何人，要在海边的峭壁旁昼夜保持一个姿式？

风吹他（她）。

雨打他（她）。

人看他（她）。

浪稀里哗啦他（她）。

军舰的炮口对着他（她）。

他（她）怎么啦？

如大尼姑的普陀的观音，从小妖的口中将唐僧肉保全了的观音。

不醒的观音。

（十四）

徐志摩在离别康桥的时侯，是唱着这样的歌离去的：

"轻轻的我走了，正如我轻轻的来；我轻轻的招手，作别西天的云彩。"

观音也本应如此轻轻地来普陀，如此轻轻地离开普陀，也本该用轻轻的招手，去拽西天的云彩。

但他（她）却在本应清平的西天，在本应如转世的西天，在本应为万物灵堂的、为众生安息所在的西天的天涯，留下了几个如大象踩下的大脚印子。

他（她）没轻轻地离去，却永恒地被罚站到了天之涯，海之角，驻足于黑洞洞的炮口之下。

中国人需要的尼姑！

我们继续苦寻的尼姑！

苦寻的尼姑的正脸。

<h1>（十五）</h1>

在西天的海的峭壁上，有一站僧，有一卧僧。

我们请站僧留张合影，以示曾到此一游，他却不敢，说那崖上像吊死鬼般横挂着、半睡半醒的是大师傅，大师傅不发话，他便不敢照相。

大师傅的足下是海浪。

他在玩海上平衡木，而且半睡半醒。

我上前使劲推了他一把，想将他摇醒，却差点将他推下几十丈的悬崖，于是他便一下子醒了。

他落定了惊魂后，说今后请悠着点推，然后首肯了我们与他弟子的合影。

好严的规矩。

好可怕的师傅。

从他的面目上可看出他是个大和尚。

他说他是五台山来的和尚。

他说观音本出在五台。

他无意中说，他是普陀的上级，他是和尚总部派来的和尚。

他说他云游四海。

他说他浪迹天涯。

他还说他是真的和尚。

他还说他不是假的和尚。

我从他大和尚般四方的脸庞上，找到了夜船上那两个四等舱下蜷缩着的、带着黑绒帽的僧人的胎记。

就是他们，在夜的海上绊了我的双腿，而且两至三次。

我在西天处，在海岸上终于就近观察了他们的和尚的脸。

国人自古用孙猴子的语言编排和尚，说他们是"秃驴"，是"花和尚"，是"酒肉和尚"，是"济公"。

国人自古崇尚佛教，却又百般戏说佛徒。国人是嘴上有佛心中无佛，国人是嘴上有和尚心中无和尚，国人是嘴上有尼姑，心中却没尼姑。

中国人真的信教吗？

中国人真的有宗教情结吗？

中国人真的相信神灵吗？

中国人真的相信神圣吗？

如果国人真的在血液中有宗教感，真的相信神灵，真的相信神圣的话，为何将和尚们用拳脚武装起来？为何让他们四海要饭（化缘）？为何曾以亿万之众砸烂他们的肉体和泥胎？

人类历史上自古有异教间的征战，如天主教与伊斯兰教之战，如佛道之争，但为何在一个有千百年佛教文明史的国度，亿万教民在举国的范围内砸烂了他们供奉了数代的佛龛？

你能给我答案吗？

我眼前的这位来自佛教圣地的大和尚。

看他那样子，他是不会给我答案的。他为何头戴黑帽？他受过戒、剃过度吗？他有头发吗？

他认识尼姑吗？

他看过尼姑的正脸吗？

（十六）

我无法诚信佛教，亦因我本爱国。

中国人那么爱国，那么爱国的中国人，却供奉着异国的泥胎。

我们跪倒在印度人的王子脚下。

我不理解。

国人并不诚拜老子和玉皇大帝，虽然老子和玉皇是中国人首创的，却派了一个猴子前去西天取经，并传回了拳脚，和：

——印度人的如来。

——印度人的观音。

——印度人的佛祖。

——印度人的忍耐。

——印度人的态度。

——印度人的风光。

——印度人的香烟。

印度人能普济中国之众生吗？

印度人不正准备向巴基斯坦扔原子弹吗？

印度人为何不来普陀？

印度人能度我、超我、爱我、安慰我吗？印度人能度我们、济我们、爱我们、安慰我们——这些已被去势的或尚未被去势的多情男子以及正在集体进行着"三讲"教育的全体中国人民吗？

这个大和尚能度我、济我、救我和我们吗？

必须用拳脚武装起来的他，

必须云游以求宁静的他，

必须吃斋的他，

不能娶媳妇的他，

没跟阴极相碰撞过的他，

必须在炮口的保护下生存的他，必须想尼姑、看尼姑、梦尼姑，而又得不到尼姑的他。

阿弥陀佛，我佛慈悲，恕我直发此言。我愿冒天下佛徒之大不韪而发此言，而陈此言，而问观音，而问佛祖，而问大和尚，而问大尼姑。

有大尼姑吗？

继续找下去。

<h2 style="text-align:center">（十七）</h2>

普陀处处有哨卡，游人每通过哨卡，都必须出示"身份证"，而统一的"身份证"就是：

人民币。

普陀是商业的普陀。

普陀是钱的普陀。

普陀是人民币的普陀。

想出家要钱，想拜佛要钱，想烧香要钱，想磕头要钱，想不被磕头也要钱……

想找尼姑更要钱。

和尚向你收钱。

为何佛教圣地要在高山、大海，要在五台、普陀，不是为了图清静、为了避世吗？不是为了寻求出世吗？不是要找到回头是岸的效果吗？不是想距西天咫尺吗？

但为何圣地之人都如此要钱？

但如何圣火之下的居民都如此贪婪？

但为何圣心之下的村落如此势利？

这里是南京路吗？

是王府井吗？

是劝业场吗？

但为何都流通人民币。

我和我们能在此山此海此庙此庵被度、被济、被超、被爱、被安慰吗？

如果能，如果能因烧一根香，跪一次佛龛，看一次和尚，来一次普陀就可以被度、被免俗、被保佑、被送上西天的话，那为何这许多世代当和尚、许多世代烧香、许多世代见观音、许多世代受佛祖恩惠的普陀的居民们竟不能为善，竟不能为仁，竟不能超脱，竟没有仁义，竟不像尼姑？

他们为何无尼姑之襟怀？

他们为何无尼姑之圣心？

他们为何走得不像、坐得不像、说得不像、唱得不像有善意和佛意的尼姑？

（十八）

今日的国人的佛教，是自私的佛教。今日的国人的信佛，是私心重的信仰。

那么多人烧香，有何人为他人而烧？

那么多人祈祷，有何人是为他人而祈祷？

那么多人的诚心，那么多人的还愿，那么多人的执着和牺牲，有何人是为了他人、为了科索沃的难民、为了下岗职工和失学儿童、为了非洲的孤儿、为了拯救掉队的大兵，而进行着的？

　　他们在比 Cool（酷），他们在祈求神灵对自己的保护，他们在为自己和与自己相近的人或与自身相近的利益而执着地付出着，但是那执着的另一面是排他，是自私，是攀比，是玩深沉，是不损人，但利己。

　　不是说普度众生吗？

　　不是说大乘吗？

　　不是说携众人而逃离苦海吗？

　　不是说济世安民吗？

　　不像，至少在普陀不像，至少在五台不像，至少在今日国人供奉的庙中不像，至少在和尚们的脸上不像，至少在拿着门票钱四处闲游的和尚们的行迹上不像。

　　庙和庵都拣好地方修，和尚们都整天拣好地方游山玩水，那么陷落在没好山、没好水的苦海中的芸芸众生由谁去度？由谁去解脱？

　　因此，我们便只有去接着找尼姑了。

（十九）

与五台相比，普陀少了几分皇气。似乎历代的帝王都未曾来过此地。五台山曾住过顺治帝，曾是汉、满、蒙、藏结为一体的象征，因此它既是佛山，又是政治山。

而普陀有海，皇帝在没有 CCTV 跟踪，在无法证明他就是皇帝的条件下不敢贸然前来，也就没有来此寻求闲静。可能那时的普陀人不会讲北方话，皇帝说他是皇帝，普陀人也不会信，他们就没来。

一个皇帝，不管他在紫禁城里如何威风，但到了船老大的船上，到了黑如锅底的海面上，也不敢说是皇上。

船老大会说："我他妈的还是皇帝呢！"

那时只有海面，而没有国界，那时可能日本人的船能到普陀，就说普陀是日本，荷兰人的船能到普陀，就说这是荷兰。

那时谁的船厉害，普陀就是谁的。

荷兰人还真来过，而且焚过普陀。

没有过皇帝或皇帝少来的（也许）普陀比起五台来，应说是相对清静的普陀，应该是更无定数的普陀，应该是更像佛界的普陀——在人民币到来之前。

（二十）

我们搜遍了普陀，搜出了许多要人民币的关口，却始终没窥到一个尼姑的正脸。

两天的末了已经临近。

离西天已经不远。

找尼姑的艰难，使我想到了一个流行的网站的名字——Sohu——搜狐。

在离开普陀前的前一刻钟，在山脚下的一个不知是庙是庵的院内，我们终于看见了一个年轻的僧女，以及她头上的黑色的绒帽。

她是尼姑。

而且尚年轻。

她的手中拿着一只蓝色的打火机。她将它举到我的眼前，问是不是我的。

我说不是。

并看了她一眼。

并端详了一下她的正脸。

她——是女子。

她——是尼姑。

她——是普陀的女子和出家了的尼姑。

她——十分的弱不禁风。

她——有几分娇小。

但她，却不是我和我们想象的尼姑。

因为，她的手中有一只蓝色的、灌满了汽油的火机。

因为，她的脸正像 Sohu——搜狐。

因为，她既像 Sohu 又像人民币，也像潜艇，却不像想象中的圣母、圣女或圣子的母亲，再或是女神、女娲，哪怕是女妖。

她没有圣意，她没有静态，她没有和祥，她没有超脱，她没有爱意，她甚至没有仇恨，她连恨都没恨过……

她只有一张 Sohu、人民币、潜艇及母舰的脸，和一只拿着充满着易燃液体的打火机的手，以及四处问"这是你丢的吗？"的干巴的嘴。

她不是尼姑，她不是我们心中的尼姑，她无法作为我们一行人中尚未被去势的壮年男子的偶像，她更不可成为我们一行人中已被去势多年的男子们的 Madonna、My Lady、"我们的女人"。

不，她绝不是。

不是。

绝不。

（二十一）

当我们回归的快船又划开了一片海域的时候，我又回首望那被立在悬崖上罚站的、在潜艇炮口下一动不动的观音。

永别了，观音。

永别了，普陀、普陀的和尚和普陀的尼姑。

普陀没尼姑。

即使在这天边的普陀。

他（她）——那半男半女，半阴半阳的观音，便是那仅存的一尊略带母性的神了。

印度的神。

泊来的神。

脚如大象的神。

无助的、劳累的神。

我们只有他（她），我们只配消受他（她），我们没有无边的母性的博爱，我们没有干净到极至的心态，我们没有穷极俗世的追求，我们没有 Madonna，没有 Our Lady，没有……

没有尼姑。

我们的尼姑。

普陀没尼姑，绝对没有，肯定没有，保证没有。

没……有，

没……有……

没……

湘江边上的疯狂
——与李阳的一场疯狂的辩论

缘起：十一前夕应湖南卫视之邀，我作为一个"不良的嘉宾"前往长沙参与马东主持的《有话好说》节目，该期节目的主旨是讨论"疯狂的李阳英语"究竟是该疯还是不该疯的问题。由于是第一次去湖南，又第一次作为"不良的嘉宾"参与节目制作，故此杂感颇多，现将前前后后的一些片段记述下来，一可不虚此行，二可用于人老、天老、地老及时代老后的备忘。

（一）湖南印象

1. 马东就是那个和尚

马东不是湖南人，却在湖南主持《有话好说》的节目，据他自己说他是按照马克思的"马"和毛泽东的"东"起的名字。可能正因那两位先贤都已随着太阳和月亮光辉的黯淡而淡出了，世间便留下了他们事业的接班人——马东了。

马东主持节目时的风采和机敏能使人想起小孩们被大人哄骗着睡觉时的一个长串句子："从前有座山，山里有一个庙，庙里有个和尚讲故事，讲的是什么？从前有座山，山里有个庙，庙里有个和尚讲故事，讲的是什么？从前有座山……"

马东就是那个和尚，因为据说他尚未婚配。

那个庙便是他的《有话好说》节目。

那座山，便是湖南卫视台。

那个节目在同一个电视台中一遍遍地播，马东在一遍一遍、一周一周地说着故事，虽说讲的不总是关于和尚、庙和山轮回转的同一个故事，却是同一个《有话好说》的故事。

2. 有话真的好说吗？

有话真的那么好说吗？那么好说的话在家里说不就完了嘛，何必要不远千里地邀请大家到毛泽东的故乡——湖南去说，为何还要用电波将那么多人的那么多真话、假话和废话先发送到卫星上去，再传到千家万户的电视屏幕上去说？看来有些话并不是那么好说，看来有些话听起来好听，但说起来难说，有些话说起来好说，但听起来难听，还有些话既没人愿意听，也没人愿意说，更有些话说出来容易收回去难，有些话不仅说不出来，连想都不便想。比如新婚的新郎在大喜的当夜就想马上离婚那种话，又比如想劝领导不要随地吐痰，但领导已经吐了出去、痰在半空中收不回来了的时刻，又比如……关于这些，似乎天天在忙碌着什么话好说、什么话不好说的马东更心知肚明一些，只是马东在电视上从不有话好好地说罢了。

3. 快乐的湖南卫视

当电视都已经用卫星传播之后，地球上的人就开始围绕着人造卫星转了，至少是人们的思想和乐趣。湖南卫视有一台节目叫作《快乐大本营》，听起来使人觉得自己所在的城市压根儿就没有快乐，因为人家长沙人已将快乐的"大本营"给占据了。玩过军棋的人最怕自己的大本营被敌军给占了，因为那意味着满盘皆输。湖南人先凭借着一个舞台将国人的快乐享尽，再借用那个卫星将快乐输送到全国的千家万户——这件事本身就能引起使人发笑的快乐。

由于本人平日没有闲暇收看湖南卫视快乐的节目，便落得终日忧郁的顽症，而且经常萎靡不振，由此自我戏称为"不良嘉宾"。

4. 黄哥

黄哥（小利）先生与本人同龄，只是小了本人四五个月，因此黄哥的女儿也就小本人的女儿四五个月了。

作为《有话好说》的制作人，黄哥每日的工作如同淮海战役中用独轮车给前方运送枪炮子弹的老乡，那个在前方向敌人开枪放炮的英勇的解放军战士便是主持人马东，而马东用黄哥运送上来的枪炮子弹要消灭的便是不远千里请来的包括本人在内的一个个"不良嘉宾"们。

当然，马东是用被黄哥武装到牙齿上的舌头与他的"敌人"们作战的，而不是用真枪实弹。

马东展开的战斗是一场场舌战和智慧战，制作人黄哥为他事前准备的是一桌桌精神大餐。

5. 小王（骏）、小马（荣）、小刘（琛）和小周（勤）

做为那一台节目的编导，他和她们看上去都那么年轻，他们的年轻和年轻人的敏捷使人觉得任何人一过三十岁就该向上司提出回家带孙子的要求，他们的年轻和敏捷甚至使人怀疑其他人类是否有必要不停地工作下去，因为只要将这个地球全部交给 20 岁的人去治理，人类便应该够吃够穿而且精神上还不会空虚，因为他们还可以为 20 岁以上的人营造一个快乐的大本营。

至少是在湖南。

6. 湖南第一印象——通红的舌苔

对湖南的第一印象是通过舌头获取的。人类的现代化文明已经能够将长沙这样的城市混同于任何一座其他省份的城市了，因为在其他城市看去笔直的公路在长沙也是笔直的，至少在高速公路上是这样的，因为长沙人和北京人都知道同样一个简单的道理——公路不直是要翻车的，由此长沙的楼房大多也是直立的。

长沙与北京的区别从舌头起始，一直到嗓子眼结束，原因很简单，因为长沙人吃的湘菜——是辣的。

据黄哥讲，当你说不放辣椒时，湖南厨师便会随手往锅里丢进一小把辣椒，于是我便对小姐说千万不要放任何辣椒，并在"千万"二字上动用了重音，遗憾的是小姐这次端上来的菜更红、更辣、更火、更酷，我便怀疑这一次厨师是将我的话按照"千万别忘放辣椒"理解着放的。可能是由于我不会说长沙话吧。

我不知道为何在不像四川那般闷热、潮湿的湖南，人们却仿照四川人的习俗在辣子上大吃特吃。四川人吃辣子是为了排泄盆地中的湿气，而根本就没有湿气的湖南人吃完辣子后要发泄什么?

是对本人的不满吗?

这几天得小心点。

7. 湖南第二印象——大奥运村

湖南人在奥运会上今天总共诞生了李小鹏和刘璇两位金牌得主,共为我们的国家奏响了两次国歌。不来湖南不知道,来了之后才知道湖南人在这次的奥运会上已为中国拿了三分之一的金牌——到我到达湖南的这天为止。再接着听下去,才知道竟敢从十米的高处一个猛子往下跳的熊倪在拿这块跳水金牌之前就曾在我居住的旅馆的马路对面开过公司。听后我已顾不得被辣子染成了红色的妈妈给的舌头和爸爸给的嗓子,不得不对席间的黄哥和小王、小马表示敬意了。我油然产生一种进了湖南、进了长沙和进了这间酒店就进了奥运村的感觉,仿佛眼前晃动的每个吃辣子的湖南同胞都有拿金夺银的实力,最起码有生育下一代奥运会种子选手的可能。我甚至后悔出发前未曾预先准备一块纸制的金牌,一见黄哥就将之拴到他的脖子上去。

总之,对湖南人的第二印象也十分良好。

8. 湖南第三印象——人才工厂

湖南——据黄哥介绍——还是出伟人的北方。这一点黄哥不介绍我也是知道一些的，其中有毛泽东、刘少奇、彭德怀、贺龙，还有曾国潘、左宗棠，等等。我是第一次听人家那么自豪地用"出"字介绍一个地方诞生过的人物，而且有一种成批成批地、大批大批地诞生的意味。可能别的地方的人之所以找不到那个"出"字的感觉，是因为未曾有哪个地方产生过那样许多值得世人称道的人物的缘故吧。总之，湖南人在自豪地例数从本地出去的堪称伟人的人物时，总是带着一种例举故土特产般压抑不住的兴奋和自豪，使人听后不禁被感染，并随之产生一种一方水土养一方人、出一方人、成就一方人、成名一方人，而且能使人成就成名的那个"一方"就是特指湖南的悲壮感。

湖南者，出人之地也。

比如说眼前的黄哥、小马、小周和小刘，就都是眼下此地出产的人才。

（二）长沙一日

1. 岳麓书院与天气预报

走进岳麓书院后人们会犯一个记忆性的错误，就是该想起的人物，如朱熹、王阳明，一个都想不起来，不该想起的人物，如余秋雨，一想就想起来了，因为岳麓书院近几年知名度的提高的确与余教授有关。余教授除了在他的书中论及岳麓书院之外，还曾在此开课讲学，并且在此对今后中国文化的发展进程进行过前所未有的预测。

十分惊诧余教授对文化进行预测时所给与的精确度，比如说 26 年后中国的文化将如何如何，27 年后又如何，28 年第一个月的第一天还可能如何 (大意如此)。如果试着按余教授的方式搞一个精神文明程度推进表的话，阿 Q 便会在五年零七个月后的第一天演变成一个有一定思想境界之人，并在八年零九个月的第六天后成为某部分人或全国各族人民的精神领袖，而且日本人也会在从今以后的第 2001 年举国进化，等等。

余教授可能将对文化的预测不经意地混同于对天气的预报了。余教授可能忽略了文化具有的与天气不大一样的可变性和神秘性，余教授可能忘了天气预报也有不准的时候——

当天气不与你合作的时候。好在现在对于天气预报员所犯的错误，人们已经能够表现出大大的宽容，比如当播音员将零上 20 度错报成零下 20 度，或将下雹子说成晴空万里时，人们也不会因之在夏天披上棉衣或在下雹时愣挺着不躲了。

金庸先生前一阵子也曾来岳麓书院讲过学。老先生在讲学前先用长长的篇幅讲自己本无资格在朱熹、王阳明和余秋雨教授讲过学的地方讲学。对于金老先生表现出的如此之谦虚，不知秋雨教授是否进行过相关的预测。

以上都是戏言。其实预测也罢、准确不准确也罢、下雹子不下雹子也罢、有没有资格讲也罢，都是无关紧要之事，紧要的是有人敢在太岁头上动了土，有人敢在师祖讲学之地发了言。师祖在起初讲学时并非就是师祖，也并非就是祖师，那都是后人封出来的，也是在讲课中讲出来的。朱熹开始讲学时并非就是大名鼎鼎的朱熹，朱熹的学问也是在讲学中切磋出来的，也是在与他人的争辩之中彻悟出来的。没有岳麓书院便无地设讲坛，便没有山中传出的谈经论道之声，便悟不出学术之意境，便觉不出知识之味道，便出不了朱熹，便出不了王阳明。

由此说来秋雨教授的那次讲课倒是史无前例的，其意义也是他本人没能预测出来的。他的那次讲演又一次打破了岳麓山的沉寂，他的那次曾受众湘儒指责的脱口秀撬开了不敢在祖宗前开口的国人的沉重的嘴，他的那次讲演拉下了学者们那层半斤八两的厚厚的脸皮。他使人轻松，他使人大胆，他使人暂时不要了那张可要可不要的大脸，他站到了朱熹曾经讲过学的地方，站到了毛泽东、蔡和森曾经吟诗的地方，大胆地、从容地、沉着地开口论学，开口论道，开口说话了。

讲学者，讲出来东西也；学问者，问出来东西也；思辨者，辨出来东西也。正是余教授所谓的"不要脸"，才使岳麓书院重开了脸面，正是余教授的那一站，才重开了这个书院千古以来的讲学、论道之风。不讲学、不论道要书院干嘛？没人讲学之地、没人敢讲学之地、没人敢论道之地还叫学府干嘛？你看，继秋雨先生之后，余光中先生来了，金庸先生来了，而继余先生、金先生之后，本人这不也来了！

当然，是买了门票进来的。

千年学府的门票。

不知为什么，这门票还他妈那么的贵！

2. 楚才有材吗？

岳麓书院中有八个大字："惟楚有材，于斯为盛。"这个对子的意思是再清楚不过了，就是除了楚地有材，别处就再无材了，而且真正的大材只生于此地。看完这对句子后本人的第一感觉就是我这辈子再也没戏了，因为一生下来就错过了在湖南降生的机会，而且人家楚国的人才个个都是带

"木"字旁的"材"，而本人出生的那个地段的木头在本人出生之前就全被别人给砍光了。

听没听见，"惟楚有材"，而且还"于斯为盛"，这个"斯"指的就是这座山和这个庙。本人在岳麓书院内左顾右盼，想看有何人正在此庙（院）中讲学，讲的是什么，讲的是不是也是那个"从前有座山，山里有个庙……"的故事。

谁都希望能在此庙（院）中做一回那个讲故事的和尚，谁能在此出家，谁便将是继朱熹、王船山、余秋雨、金庸之后的许多继往开来的"和尚"们之后的矫矫"和尚"，讲的都是那同一个"从前有座山"的千古轮回的故事。

——经的故事。

——书的故事。

——人的故事。

——鬼的故事。

——故事的故事。

千年之后这里便只有故事了，千年之后今天的《有话好说》、今天的长沙、今天的岳麓书院、今天的本人，便都成故事了。

有尼姑（女人）在此讲过学吗？第一位在岳麓书院讲故事的女人将是谁？

是在太阳从西边升起之前吗？

天知道！

我为何偏将传道者比做和尚和尼姑，而不许他（她）们婚配？

可能是因传道者永远是独身的吧。

当然，这是指思想上的独身，是指才情上的独身。

3. 爱晚亭

爱晚亭在山峦之中静坐。爱晚亭不只爱晚，也爱白昼。爱晚亭不仅革命过，也和平过，也安静过。

我坐在爱晚亭中的长椅上聆听毛泽东和蔡和森近百年前的畅谈和争吵，也顺耳偷听着旁边坐着的老头儿老太太们纯正的湘音。

要想采集一个地方的方言最好不要到餐桌上去，最好不要去听受过"之呼者也"或"abcd"教育的人神侃，因为人一旦受过教育了、人一旦被课堂里的文明洗脑洗耳了，也就再也不会讲他正宗的乡音了。教育不仅能使人的大脑变形，更能使人的舌头变味。

只有深山老林中、亭子间下棋嗑瓜子的老人们，才讲纯正的乡音。

4. "哩、哩"的湘音

湘音与湘菜相近，湘菜颇辣，湘音也颇强。即使不让做湘菜的厨子放辣椒，厨子也会顺手抓上一把，即便不让湖南人大声说话，湖南人的嗓门也会提高八度。

湖南的口音——可能与湖南人吃辣子有关——与四川音有极大的相似之处，都那么清亮，都那么直来直去，都那么干脆，都那么扬着嗓子说。但湖南话在直通通地来那么一大段之后，又在句尾上顺势拐一个不大不小的、带着弧度向上挑的弯子，然后再轻轻地用一个动听的"哩"字的音收尾。

一大梭重机枪的子弹后面再放一个清脆的带着"哩"字的二踢脚，或者说狠打一巴掌后再给两颗红枣——那便是湖南话，血气方刚之后再追加一字的体贴——那便是湖南话。湖南话初听起来有些生硬，颇像湖南人爱吃的硬蒸饭，但听到结尾处便扬起了春风之暖意以及随之而来的人情和人性之温柔。

湖南话是毛泽东的乡音，湖南话也是刘少奇、彭德怀、贺龙、曾国藩兄弟之乡音。乡音对乡音，人情对人情，人性对人性。乡音相近，人性相近。乡音相同，人性相同。他们都同香、同辣、同激越，都同以"哩"音收尾。

正所谓无湘不成军，无"哩"不成湘音……哩！

5. "湖大"

坐在爱晚亭上聆听一阵子湖南老太太带着"哩"字尾音收尾的湘音之后，再下山去游荡湖南大学——"湖大"的校园。

注意：此处的湖大与芜湖"胡大瓜子"没有丝毫的瓜葛。

"湖大"是岳麓书院的延续；

"湖大"是千年学府的延伸；

"湖大"是楚国文化的延长；

"湖大"是中国最早的最高学府。

中国的正宗文化始发于中原而成熟于南国。岳麓书院设的讲坛既是南国的讲坛也是中华文化之讲坛，岳麓书院的坛主既是南国经学之坛主也是中华传统学术之坛主。

非集大成者不敢来"湖大"的书院来讲学；

非领一代国学之风骚者不敢来"湖大"的书院来讲学。

——此为金庸开讲时吞吞吐吐之原因；

——此亦为余秋雨教授来做坛主侃侃而谈时湘江大哗之原委。

正宗中华汉文化的精粹自打宋朝以后便向南移了，南移的原因是汉文化无法在北方少数民族金戈铁马的骚扰下正常地生息繁衍。因此与其说汉族文化的中心是由中原地区自然下移到了南国，不如说是被金人和蒙古人、满族人的铁骑驱赶到了江浙（指南宋），再由江浙隐藏到了南楚的岳麓山下的。

岳麓书院大兴特兴的宋、元、明、清是汉族文化与北方游牧民族在北部争夺疆域的一千年，是汉文化被穷追猛打的一千年，是汉文明在中原及北方岌岌可危并险些被同化的一千年，是汉文明需要找别的地方安顿歇息的一千年。

于是岳麓便复兴了。

于是南楚的学风便盛了。

于是南楚的湖南大学便不停地扩建了。

北方的名校北大、清华是百年前在西方异族文明的压迫和催生下才兴、才盛的，而南国的"湖大"中的岳麓书院却是在骑马异族同胞的铁蹄的颤音中兴旺的。

后者较前者整整早了近一千年。

如果既无少数民族的金戈、也无西人炮舰的威逼的话，则中国国学的圣地应既不在北方的北京也不在南方的湖南，而应在以黄河流域为中心的中原地带——那才是汉学兴起之地，那才是中华学术的红太阳蓬勃升起之源。

汉学的重心无论北靠，还是南移，都是华夏文明曾遭遇到的一次次冲击的投影，背后都有许多读书人断头的故事。

如今断头的年代已经一去不复返了，如今中国一下子举国进入了文化大快乐的年代。那今天又如何解释南方中国文化传媒的如火如荼？如何解释湖南卫视在众多卫视频道中的技压群芳？如何解释全国"快乐大本营"的挥师南下？是因为湖南是出人才的地方，是出过毛泽东的地方，是吃辣子的地方，是湘江北去的地方，是朱子讲过学和余秋雨被嘲弄过的地方，是诞生过刘璇、李小鹏、熊倪、黄哥、小马、小刘和小周的地方吗？还有，马东的《有话好说》节目与莫非朱熹千年前在岳麓书院办学时的畅所欲言在风格上有什么相似之处吗？

也许有哩！

6. 橘子洲头的百年沉浮

从"湖大"归来的路上又一次乘车路过了湘江中间的长岛——橘子洲头。

毛泽东曾在这湘江之中"到中流击水"，他也曾在岸上"独立寒秋"，并看"万山红遍"。那时正好是"层林尽染"，而且"鹰击长空，鱼翔浅底"，并有"万类霜天竞自由"。那时的他"恰同学少年，风华正茂"，那时的他"书生意气，挥斥方遒"。他"指点江山"，他"激扬文字"，他视当年的"万户侯"为"粪土"。他先"到中流击水"，再"携来百侣"看江中的"浪遏飞舟"。他曾在此高声"问苍茫大地，谁主沉浮？"

橘子洲头啊，你还是那个橘子洲头，此时因为尚未到寒秋，所以万山尚未红遍，层林还未尽染，此时的"漫江"由于水少和污染，已不是那时般的"碧透"，还是因为水少，江中已无急流中的百舸。未见有鹰击长空，但可能还有小鱼小虾在湘江的浅底中翔游。万类霜天此时仍在自由地竞争着，而且由于正在搞着自由竞争的市场经济，万类与霜天已经争得你死我话、不可开交了。天空仍寥廓，大地仍苍茫，但"湖大"的同学们有空都正忙着打工，已经没有了少年同学的"书生意气"，更难凑齐"百侣"来此一游。谁还来这里"指点江山"？谁还有空来"激扬文字"？"万户侯"确实已成了"粪土"，但又一部分人发起来了，成了比万户侯更富的亿万富翁。还可"到中流击水"吗？还有大浪遏制飞舟吗？湘江依然北去，橘子洲头上却没了橘子，只有一片破房，也只有本人在意念上到此"独立寒秋"（因为不能下出租车）、到此寥廓、到此问苍茫大地、到此追忆那往昔的峥嵘岁月，并代你——毛泽东在此再问一句、再叹一声："大地谁主沉浮？"向那车窗外的苍茫的大地！

想来想去其实大地由谁来主宰沉浮并不那么重要，因为大地就是大地，天空就是天空，大地和天空的命运是谁也无法主宰的，人要做的是别反被人家大地和天空将自己的小命给主宰了。

眼下本人急需主宰的，是赶紧回旅馆去见马东和黄哥，并与其他几位由各处纠集来的"不良的嘉宾"们会合，为明日挑战李阳的"疯狂英语"而备战。

关键是看明日在《有话好说》时我们几位"不良嘉宾"与李阳谁主沉浮。

（三）疯狂英语的印象

1. 李阳并不疯狂

染了一头黄发的李阳颇像一只黄冠的芦花大公鸡。

在那里疯狂地蹦。

在那里疯狂地歌唱。

在那里疯狂地与自己的生来的怯懦格斗。

在那里高呼："Hello！ Hello！"

李阳的疯狂并非来自英语。英语本不疯狂，任何语言本来都是寂静的字符，是李阳使之疯狂的，李阳借之疯狂，李阳利用之疯狂，李阳通过它成就其内在的疯狂。

听众借李阳而疯狂。

听众借英语而疯狂。

英语借听众的和李阳的疯狂而疯狂。

疯狂借疯狂而疯狂。

时代借英语、借李阳、借听众而疯狂。

时代借英语"到中流去击水",时代借英语的大浪而飞舟,时代借英语而怅寥廓,时代借英语、借李阳而问苍茫大地,而"与万类霜天竞自由",而抒发同学少年的、风华正茂的书生意气,而"指点江山",而"激扬文字",而"独立寒秋",而"挥斥方遒",而视"万户侯"为"粪土",而问苍茫大地——谁主沉浮?

Who？ Who？ Who？

谁? 谁? 谁?

2. 李阳的听众

李阳的听众在台下闻"鸡"而起舞。他们跟着李阳疯狂地蹦,疯狂地歌唱,疯狂地与自己生来的怯懦格斗。

他们一同高呼:"Hello！ Hello！"

李阳的目标是使三亿中国人讲一口流利的英文。

李阳的目标是让三亿外国人讲一口流利的中文。

本人倒是有一种更好的方法,能够不像李阳那样苦行僧似地到处说教,就可轻而易举地使李阳预计要奋斗100年的目标在指日中实现,那就是先使三亿已经讲英语的外国人取得中国国籍,再使三亿讲中文的中国人获得外国国籍,这样便可不费吹灰之力地让三亿"中国人"讲一口流利的英语,也可使三亿"外国人"讲一口流利的中文了。

部分已经取得美国国籍的中国人就已经提前实现了李阳的让外国人讲一口流利中文的愿望，而且那些人的中文讲得比李阳还好。

其实要想实现李阳的让三亿中国人讲英文的目标也不难，因为印度人早已提前实现李阳的愿望了，新加坡人和香港人也有多半人实现了这个意愿，但条件并不轻松，要做到一个国家局部地或全体地被讲英语的人殖民。

要想使上亿的中国人讲日文更容易，只要别把日本人赶出东三省就可以了，李灯灰（登辉）的日文之所以地道，就是因为他老子做过日本警察。

再说下去就像扣帽子了，怕超出开玩笑的圈子，怕李阳吃罪不起。

总之，让三亿国人都讲一口流利的英文并都像英文和李阳一样疯狂、一样 Crazy，都像狂犬吠日一般地张开大嘴叫喊，的确是一桩值得疯狂地商榷、疯狂地论争一番的事。

3. 中国的"痴汉"李老师

李阳是我所见的第一个当众声称自己已经变态了的人。不知是李阳真的变了态，还是李阳根本就没搞懂何为变态，何为常态。当众说自己变态的人可能还没真变态，可能还有

354

希望拯救。如果李阳真的没治了的话，那么谁将对那几千、几万，甚至几十万、几百万跟着李阳疯狂地操练英语的人负责呢？难道李阳能够一下子造就几十万或几百万变态了的学生吗？要是几十万或几百万的学生跟着李阳学了几句英文就一下子都变了态，那么不用学就会讲英文的几亿美国人和英国人天生不就成了变态的人，英文天然不就成了一种变了态的语言或是只有变了态的人才说的语言了吗？

以上我讲的这些变态吗？

李阳真的知道何为"变态"吗？"变态"大多是指那些行为古怪之人，比如有露阴癖或当着群众的面在街面上掀开后屁股给大家看的非正常之徒。而李阳只是将本是黑色的头发给染成了黄色，所以严格说来并未真正地变了态。如果把那些将头发染成了黄色的亚洲人全部统称为变态人的话，那么那些人一定会反过来指责是本人变了态。不过本人还是以为人的头发就像鸡头上的冠子和猪尾巴上的须子，生下来该黑则黑，该黄则黄，还是不要人为地串种为好。关于变态还有另一个日本人的例子。日本的一些男人专门爱在地铁中人拥挤时将手伸向女孩儿们的屁股并趁机乱摸，在日本常见那种男人，并被用日文戏称为"痴汉"。"痴"嘛就是痴心妄想之痴，也是痴呆之痴。

李阳还不至于如痴汉们一般变态，李阳的学生们也不会向老师学习日本痴汉们的伎俩，更不至于集体地变为痴汉或表现出痴汉般的变态。

号称是变了态的李阳如果真的想摸摸异性的屁股的话，最好还是去摸摸母的而不是公的老虎的屁股，比如去摸母的纸老虎——美帝国主义的屁股，用 English 去摸，用他们自己的方式去摸。如果是这种变态的话，那么李阳变变态、他的学生们变变态也便是无所谓的了。

4. 裹了足的李阳

李阳曾经抱定小脚不迈出国门一步的决心，并用这种钢铁般的决心和毅力痛苦地学习了英文，李阳的这种誓言使人联想到学了一辈子狼叫却见不着一只狼或者练就了能击穿墙的八卦掌硬功却从没遇到一堵墙，再就是守着一株没缘份的破树待兔子来撞。李阳教和尚学英文、教乡村的路人学英文，而和尚和乡村的路人大多数不可能出国，同时说英文的外国人大多数又见不到和尚和乡村的路人，李阳难道真的闲着没事干或真的疯了病了吗？

听李阳的演讲真使人如醉如痴，因为在短短的几分钟内，大家便可以跟着李老师那么轻松地做一遍手舞足蹈的保健操，跟着李老师那么轻易地打倒一回美帝国主义，跟着李老师那么轻而易举地轰炸一到两次日本帝国主义，再顺带练就一口三句话就能将美帝国主义吓瘫或吓走的英文。李阳在极短的时间里便带着大家那么高效地实现了自我，实现了民族的自强，实现了从懦弱到强大的转变，一直强大到连美帝国主义都怕了的程度，只因讲了几句美帝国主义讲的英文，而且是在咱们自己的国土上讲，在美帝国主义根本就听不见听不懂的情形下和根本不可能知道的时间地点大讲特讲！

大群大群的中国人跟着李老师悄悄地练、悄悄地说、悄悄地手舞足蹈、悄悄地热情激昂、悄悄地群情激愤地背着美帝国主义在中国练习打倒美帝国主义的本领！

中国人的自豪感和中国人的强大感就这么集中地悄悄——训练，还就真的练出来了！

中国人终于敢跟着李老师张开大嘴，对着没有美帝国主义和日本帝国主义的天空说纯正的美国话了！于是美帝国主义被打倒了，比美帝国主义稍小的小日本帝国主义也随之被打倒了，于是中国人民便站起来了，只因三亿中国人民都会流利地讲帝国主义者讲的话了，而且在总人数上超过了帝国主义者！

李阳啊李阳，了不起的李阳！

今天如果在中国尚未入关、洋人还未满街行走的状况下，要想实现李阳的三句话便吓倒洋人的志愿，就必须全体听了李阳讲座的人集体上街搜捕那些零星的洋人，并用刚学来的震耳欲聋的英文和霹雳式的舞姿将那些极个别的洋人吓倒，一次性地实现全民族的集体强大，要不就只能花钱出国去与帝国主义者们会话、去与帝国主义者们用英文在国际上直接交锋了。

但遗憾的是李老师却偏偏不愿出国，偏偏只在自家中苦练英文。

这就比较难了。

后来李老师终究还是出了国。尽管许多人在知道李老师竟然出国去操演英文之后十分伤心，但李老师最终还是踏出了国门。

他去了小帝国主义的家——日本。

说来说去帝国主义的事倒说出来了一个小插曲，记得在《有话好说》节目的现场有一位在一旁当听众的英国人，当他看到李阳在长城上带领军人们操练英语的投影时，脱口就对我说："He is an imperialist!"（这小子原来是个帝国主义者！）

哈！哈！

5. 到底谁折磨谁？

李阳的下一个目标是要用与疯狂英语同样的疯狂程度到外国去，并用中文去折磨三亿包括美国人在内的各种帝国主义者们。

我建议他从印度的火车顶子上开始授课，因为火车顶子上的印度老外比美国人还多。

另外，我怀疑是否有那么多老外甘愿像中国人被英语折磨那样受中文的折磨。要是老外们受不了中国话的折磨咋办？要是折磨了半天人家还不发疯又如何？要是凑不齐三亿，要是只有三百人跟着李阳疯狂地学习中文呢？李阳说跟着他学英文的学生只要一开口讲话就可将老外们吓一跳，如果学得再好一点恐怕还会将见到他们的老外们当场吓昏过去。那么我们遇到三亿能将中国人一见面就吓得昏死过去的、讲中文的老外该如何对应？八卦掌够用吗？况且这六亿多掌握了彼此口语的李阳老师的中外学生们又不愿到对方的国家进行实际的操练，那样的后果该是如何？那样的效应该是何样？那样将会有多么的刺激！看，双方隔着太平洋，用从李阳那里学得的对方的语言跳着脚大骂："你过来！""有本事你先过来啊！"那多 Crazy，那多 Cool……哩！

我真怕李阳教出来的老外在马路上拦住我并用中文同我交流，因为本人天生胆小怕事，怕被他们的头三句话吓昏在街头。

中国人被英语折磨得死去活来是英语的过错吗？

中国人这是何苦！人家美国人虽然不会中文，但会讲中文的美国人口每年都在增加（指入美国籍的中国人），而中国人却情愿自找这种死乞白赖、偏要用美国舌头说话的罪受。

这简直是活受罪！

这是何苦？

这是何必？

这是为何？

这如何是好……哩！

李阳是用迈克尔·杰克逊式的疯狂和感召力带领他的弟子们操练英文的，如果李阳想让美国人用同样的疯狂度操练中文的话，最简易的方法莫过于先将迈克尔·杰克逊或麦当娜教会，然后再让他们用跳摇滚霹雳或在舞台上模仿男女交合的舞姿，去疯狂地向数百万美国人传授中文。那样准会在美国掀起一场疯狂地、"不要脸"地演练中文的狂潮，那样便可令更多的美国人讲一口能流利得一张口就能将中国人吓得望风而逃的中文了，那样中文便可死缠住美国人的舌头了。

那样中文便可将美国人折磨得疯狂至死。

那样国人便可扬眉吐气。

那样中国人便可一下子都站立起来了。

李阳、迈克尔·杰克逊和麦当娜的三方联手，是英文占领中国和中文大举进军美国的战略性步骤，三人中李阳将负责使三亿中国人开口讲一口流利的美国话，迈克尔·杰克逊可负责让一半崇拜他的美国女性学会用中文拒绝男人，麦当娜则可包揽让美国男人为她的中文水平之高而陷入癫狂。

这样中美、东西便可相安无事了。

这样也就谁都吓不着谁了。

这样世界始可大同。

6. 能用 English 抗日的李阳

李阳会用英文抗日。李阳说："最痛恨谁，就去学习谁的语言。"李阳抗日不用日文，却要用英文，他要用英文去轰炸几下日本，并在将那些他痛恨的日本人炸死之后，去热爱那些他喜爱的日本人民。

我是不是有点语无伦次？

都是被李阳传染的。

按照李阳的说法和逻辑，当年最痛恨日本人的八路军打日本人时要全军都事先讲一口流利的日文，再用大刀去砍日本人的头，那样砍头的八路军和被砍头的日本鬼子之间便可以先进行一番良好的沟通，之后再砍头和被砍头。还有李阳号召大家学习英语主要是为了让大家今后去赚美国人的钱，因为有钱的美国人会讲英文，但李阳却忘了告诉大家那些并不那么有钱的印度人也会讲英文，他忘了号召大家到印度的孟买或新德里去赚钱。新德里的火车顶上也都坐满了人，印度人能在 100 公里时速的火车顶上坐着飞驰，李阳应该提倡大家学好英文后也跳到火车顶子上去与印度的讲英语的人交流，在半空中一齐大喊："Hello!"

李阳十分幽默——按照以上的分析，但比李阳更为幽默的是日本人。日本人在被李阳骂得狗血喷头之后，非但没派人来中国擒拿李阳，非但没有在李阳到达日本后群起而攻之，反而在李阳将小心眼儿提到嗓子里、担惊受怕地到达东京之后，以崇拜英雄的方式热情洋溢地、用李阳的说法有点举国欢庆似地欢迎了李阳、抬举起了李阳，那使李阳大惊失色，那使李阳百思不解，那使李阳的雄风再起，那使李阳认定日本已经实实在在地被他给炸开了，日本人的讲不出口的英语弱智顽症被他轻而易举地破解开了。李阳在日本曾经面对四位 NHK 记者的专访，李阳在日本曾举办过大型的、现场直播的、狂热的讲演。总之，曾经发誓要用英语雪民族耻、要大家用学习日语去打击他们痛恨的日本鬼子的李阳，在他本人都不敢相信的、极短时间里忽然一下在日本走红了，成了受万人拥戴的盖世英雄。

就是因为他会讲英文；

就是因为日本人讲不好英文；

就是因为日本人比中国人更急着想与讲英文的世界接轨；

就是因为讲英文的美国人比讲日文的日本人更有钱。

听了这段故事之后，我得出了这样的结论：

1．日本人贼贱；

2．日本人比原先想象的更可怕；

3．日本人为了达到某种目的可以不要脸，可以放下民族尊严；

4．日本人为了达到目的甚至不要廉耻——只要是为了达到目的。

5．李阳这小子还真挺不简单的，既为中国人骂了日本，还敢独自去日本单枪匹马地代表中国人给日本人做了那么一回"大爷"。

他敢作敢为，他像条汉子。

但这算是报了国仇了吗？

是，也不是。

从另一个角度来看，做为亚洲人的日本人也挺值得同情的，他们与中国人有一个通病，就是也信奉对英语的拜物教，也苦恋英文，而且他们比中国人信得还苦、恋得还累。

善哉，善哉！

6．想与李阳疯狂地商榷的……

《有话好说》本期节目的主题是让包括本人在内的几位"不良嘉宾"与李阳探讨一个听后令人疯狂的问题，那就是李阳的英语该不该疯？为何疯？疯的后果如何？该如何疯？疯了之后怎么办？中国人学习英语是该疯着学还是该平静地学？如果平静地学着学着后来发疯了该如何应对？但万一疯不起来呢？亚洲人该不该疯学英语？英语值不值得疯疯癫癫地学？学出疯子来又将如何？还有，如果即使变疯也学不会该怎么办？如果大家都跟着学疯了后李阳老师还特别冷静怎么办？如果学会了还不疯又该如何是好？再有，到底是李阳疯还是嘉宾们疯？是主持人马东疯，还是大家都疯了？李阳真疯吗？什么叫疯？什么叫不疯？是他自己愿意疯还是被听众逼疯的？更有，是他逼疯了时代还是时代逼疯了他呢？他要是没疯，在故宫的太和殿和长城上操练英语干嘛？太和殿和长城本是用来抵挡讲外文的洋鬼子们的。时代真疯了吗？是李阳在跟时代撒疯，是李阳玩弄着这个年代，还是这个年代情愿受李阳的玩弄？

以上说的都像是疯话吗？

值得跟李阳疯狂地商榷的另一个问题是张嘴闭嘴的问题：中国人讲英文张不开嘴只是一个不好意思的问题吗？

中国人善于张嘴讲话吗？因为中国人都胆小吗？中国胆大了如何？胆小了又如何？讲中文胆大了之后会对大胆讲英文有益处吗？李阳用疯狂的方式梦寐以求想撬开的仅仅是国人讲英文的嘴吗？中国人有几个能像李阳那样疯狂地传播一种信念、一种方法、一种窍门、一种游戏？李阳在美国还会被称为疯人吗？李阳的口才和李阳的感召力在一个对用语言表现艺术有追求、有冲动的国度是否还会显得如此之疯狂？中国曾有过许多李阳式口若悬河的、富于激情的、善于鼓动性的人物，孔子是，孙中山是，鲁迅是，还有从湘江岳麓书院走出来的湖南巨子——毛泽东更是。

历史上中国曾有过众多的会表现、会演讲、会抒发激情、会通过演说使中文的魅力、中文的感召力发挥得畅快淋漓的演说家、鼓动家，但不知为何今日我只见到一个留着公鸡冠子头、在台上金鸡独立地大喊着"Hello！"的李阳，此真为李阳之失落之处也，此真为李阳之荒唐之处也，此真为李阳之孤独之处也，此真为中国国语之失落之荒唐之孤独之处也。李阳本可用他那富于极强穿透力和感召力的嗓音去喊中文、唱中文、表现中文，本该用他的言辞的魅力去表现母语应表现之事，他却在恰恰相反地鼓动着三亿中国人去张口讲那么一口流利的英文，讲一口地道的美国人的母语。美国人也会用他们民族最富于口才表现力的演说家去鼓动三亿美国人大喊中国话的"你好"吗？

可能，如果将"你好"换成"我爱你"的话，因为美国大多数男人肯定都愿意张开大嘴对女人们说："我爱你。"

对了，李阳如果真想全面疯狂进军美国的话，就先教美国的女人对中国的男人们狂喊"我爱你"吧！

同样，也劝李阳将他的疯狂英语中的第一句话改为"I Love You!"。

I Love You——爱，而不是"恨"，才应是李阳疯狂英语的开场白，而且人类之间相见的第一句话和最后一句话都应是"我爱你"。"我"便是"我们"，"你"便是"你们"。

如果学习另一种语言带来的将是几亿人之间的爱，而不是恨的话，那何妨独立一回寒秋，那何妨疯狂疯狂，那何妨浪漫浪漫，那何妨失态失态，那何妨振臂高呼高呼，那何妨振臂一呼应者云集，那何妨将黑发染成赤橙黄绿青蓝紫，那何妨来一回金鸡独立，那何妨在长城上、在故宫里用英文指点指点江山、用英文激扬激扬文字，用英文抒发抒发风华正茂之书生意气，并放声大胆地代表中国人向全世界欢呼：

I Love You!

我爱你！

——全人类和全人类的语言！

疯狂地爱吧，李阳！

大声地喊吧，李阳！

下次李阳去岳麓书院呼喊！

去用爱的声音震惊这个世界！

（公元 2000 年）